STAR WARS

THE MANDALORIAN

Adaptacja książkowa: Joe Schreiber

Na podstawie serialu stworzonego przez Jona Favreau
przy współpracy Dave'a Filoniego, Christophera Yosta
i Ricka Famuyiwy

Tłumaczył Krzysztof Kietzman

Disney
LUCASFILM

Tytuł oryginału: Star Wars: The Mandalorian. Junior Novel
Redakcja: Małgorzata Jaxa-Małachowska
Konsultacja: Rafał Przyborowski
DTP: Marzena Andziak

Wydawca:
Wydawnictwo Olesiejuk, an imprint of Dressler Dublin sp. z o.o.

ISBN 978-83-8216-605-7

Dressler Dublin sp. z o.o.
05-850 Ożarów Mazowiecki
ul. Poznańska 91
wydawnictwo@dressler.com.pl
www.wydawnictwo-olesiejuk.pl

Dystrybucja: www.dressler.com.pl
Księgarnia internetowa: www.swiatksiazki.pl

Druk: Abedik SA

DAWNO, DAWNO TEMU
W ODLEGŁEJ GALAKTYCE...

ROZDZIAŁ

1

– TO MOJA NAJWYŻSZA oferta – odparł Greef Karga.

Mandalorianin wbił wzrok w rozmówcę siedzącego po przeciwnej stronie stołu. Nikt nie mógł mieć pewności, kiedy Karga mówi całą prawdę. Jako lokalny przedstawiciel Gildii Łowców Nagród rzucał półprawdami, plotkami i wierutnymi kłamstwami równie często jak imperialnymi kredytami i krążkami gończymi – stanowiły narzędzia, które pomagały mu utrzymać niełatwą, chwiejną równowagę między współpracującymi z nim łowcami a pozostającymi w cieniu mocodawcami. To nic osobistego. Czysty biznes.

– Pokaż krążek – odparł Mando. Miał na myśli holograficzne urządzenie, które zawierało informacje o celu.

– Bez krążka. Twarzą w twarz. – Karga zamilknął. – Zlecenie bezpośrednie. Bogaty klient.

Mandalorianina to nie zdziwiło. Najbardziej intratne zlecenia często wiązały się z minimalną ilością informacji, zazwyczaj w trosce o interes klienta, który nie chciał działać jawnie.

– Z przestępczego półświatka?

– Wiem tyle, że brakuje kodu sekwencyjnego – odparł Karga, nie kryjąc oznak zniecierpliwienia. – Bierzesz czy nie?

Mandalorianin sięgnął po krążek. Tak naprawdę nie miał wyboru. Od Światów Jądra po Zewnętrzne Rubieże nawet tacy doświadczeni łowcy jak on, o uznanej reputacji, borykali się z brakiem zleceń. Po upadku Imperium galaktyka pogrążyła się w chaosie. Brakowało stabilności gospodarczej i rządów prawa, a jeśli Nowa Republika wywiązała się z obietnicy zapewnienia pokoju i dobrobytu, wieść o tym jeszcze nie dotarła na planetę tak zaściankową jak Nevarro. Na tych uliczkach i na tysiącach podobnych przemytnicy, złodzieje, lokalni watażkowie i zakapiory spod ciemnej gwiazdy, jak gdyby nigdy nic, dalej prowadzili swoje interesy pod osłoną nocy, a niekiedy i w biały dzień. Przestępczość kwitła coraz bujniej, jednak dla łowców nagród sami przestępcy warci byli coraz mniej.

Spacerując bocznymi uliczkami w drodze na spotkanie z nowym klientem, Mando pogrążył się w zadumie nad najbliższą przyszłością – obecnym zleceniem, kolejnym i jeszcze następnym. Niezliczone twarze, zapomniane planety, których nazwy przypominały mu jedynie o wypłaconych i nieuregulowanych kwotach. Jego cele układały się w łańcuch, niekończący się strumień zleceń, który płynął ku niepewnej przyszłości. Gildia oczekiwała, że łowcy będą karnie jej usługiwać, nie będą zadawać pytań i grzecznie będą zapominać o wszystkim po fakcie – ot, codzienność łowieckiego fachu, która Mando w pełni odpowiadała.

Ale i tak nie potrafił zapomnieć o zbyt wielu rzeczach.

Huk wybuchów, przerażone, zlane potem twarze rodziców – wspomnienia wyraźne, przepełnione bólem. Pędzili z nim ulicą, a wokół cały ich świat rozpadał się na kawałki w wielkiej czystce...

Pozostał mu Kodeks.

Gdzieś pomiędzy ciemnością przeszłości a niewyraźną plamą przyszłości przebiegała droga, która jako jedyna pozostawała wyraźna. Dokądkolwiek się udawał, czerpał z siły i umiejętności Mandalorian, dzięki którym czuł grunt pod nogami. Miał przeznaczenie, które zawsze będzie na niego czekało.

Tak kazał obyczaj.

ROZDZIAŁ 2

– GREEF KARGA ZAPOWIEDZIAŁ twoje przybycie.

Mando stał naprzeciw Klienta. Nie śpieszył się z odpowiedzią. Jak na rzekome schronienie, pomieszczenie w imperialnej bazie nie wydawało się szczególnie zabezpieczone. Gdy wszedł do środka, otoczyli go czterej szturmowcy. Mieli na sobie znoszone zbroje, które zdradzały ślady walk. Trzymali gotowe do strzału blastery. Podobnie jak Imperium, któremu dawniej służyli, zostali pozbawieni formalnej władzy, ale nie stali się przez to mniej okrutni. Obecnie pracowali, walczyli i zabijali dla każdego, kto zaoferował im najwyższą płacę.

– Co jeszcze powiedział Karga? – zainteresował się Mando.

– Że jesteś najlepszy w odległości parseka. – Wyraz twarzy Klienta nie zmienił się. Był mężczyzną po siedemdziesiątce o przyprószonych siwizną skroniach. Mando nie potrafił powiedzieć, na podstawie akcentu, skąd pochodzi, ale wytworna maniera rozmówcy sugerowała, że w poprzednim życiu był imperialnym oficerem wysokiej rangi. – Wspomniał również, że wysoko się cenisz.

Ostatnie zdanie nie było pytaniem, więc Mando ani myślał odpowiadać. Usłyszał stłumiony brzęk, gdy starzec rozwijał na blacie stołu kawałek miękkiego czarnego materiału. Pośrodku czerwonej podszewki oczom łowcy ukazała się płaska prostokątna sztabka metalu. Wyczuł, że stojący za jego plecami szturmowcy pochylają się w kierunku stołu, by lepiej się przyjrzeć. Nie potrafili zachować pozorów. Każdego zainteresowałby taki skarb. Mandalorianin momentalnie rozpoznał, z czym ma do czynienia.

– Beskar?

– To tylko zaliczka – doprecyzował Klient. – Resztę otrzymasz, gdy dostarczysz cel.

– Żywy – podkreślił stojący obok nerwowy okularnik, doktor Pershing, jak przedstawił go Klient. Chwilę wcześniej mężczyzna o mało nie dostał z blastera, gdy znienacka wparował do pomieszczenia, jednak Klient poprosił łowcę o opuszczenie broni.

– Dopuszczalny jest również dowód usunięcia celu, ale stawka będzie niższa – poprawił Klient, niczego sobie nie robiąc z nieskładnych protestów doktora Pershinga. – Jestem praktyczny. W fachu łowców nagród nie ma pewności. –

Zamilknął, by wybrzmiało znaczenie jego słów. – Beskar powinien znaleźć się w rękach Mandalorianina. Miło jest móc przywrócić naturalny porządek rzeczy po tak długim okresie zamętu. – Uniósł wzrok. – Zgodzisz się ze mną?

Mando nie udzielił odpowiedzi. Najważniejsze, że przyjął zlecenie, a wraz z nim otrzymał beskar. Klient wręczył mu traker i udzielił informacji o ostatnim znanym położeniu celu. Pora rozpocząć łowy.

Jednak po drodze musiał jeszcze udać się w jedno miejsce.

Odnalazł ukryte wejście i zszedł długimi schodami ku znajomym chłodnym cieniom. Kuźnia Zbrojmistrzyni mieściła się głęboko pod powierzchnią, z dala od oczu wrogów, którzy zmusili Mandalorian do działania w podziemiu. Znalazł się w tajemnym miejscu, którego położenie było pilnie strzeżone. Tu, w ciemnościach, krąg błękitnych płomieni palił się równomiernie, jarząc się jasnym blaskiem. Miarowe uderzenia młota Zbrojmistrzyni niosły się w ciemności niczym bicie serca.

Mando i Zbrojmistrzyni przywitali się skinieniem głowy. Gdy łowca wręczył sztabkę beskaru kobiecie, ta odezwała się po dłuższej chwili.

– Zdobyto go podczas wielkiej czystki – stwierdziła fakt. – Dobrze, że wrócił do Plemienia. – Spojrzała na łowcę. – Pora na naramiennik. Czy objawił się już twój znak?

– Jeszcze nie.

– Zatem wkrótce. – Gdy topiła beskar w kuźni, a płynny metal powoli płynął szeregiem kanałów, by wypełnić przygotowaną formę, jej głos nieco złagodniał. – Wyjątkowo szczodry dar. Nadmiar materiału pomoże w utrzymaniu licznych znajd.

– Dobrze – odparł Mando. – Sam byłem znajdą.

– Wiem – powiedziała.

Nie mieli sobie nic więcej do powiedzenia.

Wkrótce potem Mando wyruszył w dalszą drogę.

ROZDZIAŁ 3

„BRZESZCZOT" BYŁ JEGO DOMEM. Wielu dostrzegłoby w kanonierce jedynie środek transportu czy ucieczki, ale dla Mandalorianina „Brzeszczot" był ostoją, niemalże przedłużeniem pancerza i hełmu, które zapewniały mu ochronę. Wprowadził współrzędne Klienta do komputera nawigacyjnego i poczuł znajome drżenie budzących się do życia silników, które niosło się po kadłubie kanonierki, gdy ta oddalała się od kosmoportu pod niewielkim kątem, aż wreszcie znalazła się w przestrzeni.

Kolejne łowy pod wieloma względami nie różniły się od siebie. Powrót na Nevarro z celem był jedynie kwestią czasu. Zgarnie zapłatę i cały proces zacznie się od nowa.

Jednak czuł, że tym razem jest inaczej.

Może dlatego, że ujrzał beskar, że poczuł jego ciężar. Że według Zbrojmistrzyni już wkrótce miał objawić się jego znak.

„Brzeszczot" leciał przez pewien czas, aż z przodu na konsolecie zaczęła pulsować kontrolka ostrzegawcza. Wyostrzył zmysły i pochylił się, by przejść na sterowanie ręczne. Planeta nazywała się Arvala-7 – oczom Mando ukazała się skalista połać z licznymi surowymi, poszarpanymi szczytami. Obniżył wysokość i zaczął podchodzić do lądowania.

Świat, który go otaczał, stawał się pustynią: najpierw częściowo, a potem w całości. Wysunął podwozie i osiadł w płaskim kanionie okolonym rdzawobrązowymi wzniesieniami. Wyszedł burtą ładowni, by przyjrzeć się okolicy. W dłoni trzymał pulsujący traker. Po godzinach spędzonych na pokładzie cieszył się, że ma grunt pod nogami, nawet gdy ten okazał się błotnisty i miękki.

Uniósł karabin snajperski, włączył lunetę i rozejrzał się uważnie po widnokręgu. Wodził wzrokiem po linii horyzontu, aż wreszcie zatrzymał się na parze przysadzistych istot, które spacerowały po rozległej równinie. Były niemal karykaturalnie brzydkie. Miały obłe cielska i głowy, które przypominały głowy prymitywnych ryb. Ich pyski skrywały rzędy zębów, które z pewnością mogły rozkruszyć dowolny pokarm. Nie ulegało wątpliwości, że z bliska zwierzęta były niebezpieczne – chociaż Mandalorianin ani myślał skracać dystans. Do tej pory dostrzegł tę jedną parę.

Nagle trzecie zwierzę wyrosło spod ziemi tuż przed nim.

Istota zaatakowała, wyjąc wniebogłosy. Mando wrzasnął, gdy zacisnęła szczękę na jego ramieniu, uniosła go i cisnęła nim o ziemię. Gdy wyswobodził się z uścisku i potraktował napastnika miotaczem ognia, bestia jęknęła i pozwoliła mu zebrać myśli przez wystarczająco długą chwilę, by do niego dotarło, że tylko ją rozjuszył. Po chwili z odsieczą przyszła druga istota tego samego gatunku. Mando z pewnością marnie by skończył, gdyby nie strzałki ze środkiem usypiającym, które nagle powaliły obu napastników.

Łowca uniósł wzrok i ujrzał kolejnego przedstawiciela gatunku, który człapał w jego stronę. Ten jednak miał na grzbiecie jeźdźca – Ugnaughta w nakryciu głowy i goglach pilota. Przybysz wydawał się niewzruszony obecnością Mandalorianina, który leżał plackiem na ziemi z nogą przygniecioną cielskiem jednej z bestii.

Mando skinął głową w kierunku strzałek zatopionych w skórze istoty.

– Dziękuję.

Ugnaught przypatrywał się mu przez chwilę wzrokiem osoby przyzwyczajonej do samotności.

– Jesteś łowcą nagród.

– Tak.

– Zwą mnie Kuiil – przedstawił się. – Pomogę ci.

Nie prosiłem cię o pomoc, pomyślał Mando, ale Ugnaught skinął głową na potwierdzenie swoich słów.

– Powiedziałem swoje.

ROZDZIAŁ 4

KUIIL POINFORMOWAŁ Mandalorianina, że zaatakowały go istoty zwane blurrgami. Były obleśne i strasznie cuchnęły, ale skoro Mando zamierzał przemieszczać się po Arvali-7, będzie musiał nie tylko nauczyć się je ujeżdżać, lecz również nabrać w tym sporej wprawy.

– Ściągali tu już liczni – powiedział Kuiil, gdy siedzieli na jego farmie wilgoci i omawiali dalszą podróż. – Poszukiwali tego samego co ty.

– Pomogłeś im?

– Tak. – Ugnaught napełnił kubek wodą i podał go Mandalorianinowi. – Ponieśli śmierć.

– Wobec tego nie chcę twojej pomocy.

Kuiil nie oponował.

Później tego wieczoru Ugnaught zabrał łowcę do zagrody i cierpliwie obserwował, jak jego gość raz za razem bezskutecznie próbuje dosiąść blurrga. Zastanawiał się, na ile zbroja

Mandalorianina amortyzuje uderzenia. Z tej odległości zmagania łowcy wyglądały poważnie. Mando nie odpuszczał, ale i nie nabierał wprawy. Siłował się z blurrgiem, którego Kuiil jako pierwszego uśpił strzałką. Tubylec musiał przyznać, że na twarzy bestii malowało się jeszcze większe rozdrażnienie niż wcześniej. Robiła, co w jej mocy, by zemścić się za próbę podpieczenia jej miotaczem ognia.

Wygląda na to, że nie powinieneś był tak szybko dobywać broni, pomyślał Kuiil, ale uznał, że zachowa opinię dla siebie. Stał po zewnętrznej stronie ogrodzenia. Nie musiał widzieć twarzy Mandalorianina, by wiedzieć, że ilekroć zwierzę strąciło z grzbietu łowcę, ten stawał się coraz bardziej poirytowany. Jego cierpliwość została wystawiona na próbę.

– Tylko marnuję czas – skwitował Mando. – Wynająłbyś mi śmigacz albo skuter repulsorowy?

Kuiil pokręcił głową.

– Jesteś Mandalorianinem! – odparł. – Twoi przodkowie dosiadali wielkich mitozaurów! Z pewnością ujarzmisz tego młokosa.

Mandalorianin zerwał się z ziemi i spojrzał ku zagrodzie, z której łypały na niego żółte ślepia bestii. Czekała na kolejne starcie. Kuiil, który doskonale znał wachlarz min istoty, miał wrażenie, że niemal czyta jej w myślach. *Pokonam cię*, mówiły jej oczy. *Lepszych od ciebie już zrzucałam z grzbietu, łowco, i nie takich jak ty będę zrzucać na długo po tym, jak stąd znikniesz. Chyba że postanowisz wyzionąć tu ducha.*

Kuiil poczekał, by przekonać się, co takiego zrobi łowca nagród – podda się i oddali czy podejmie kolejną próbę, by poskromić blurrga siłą?

Jednak Mandalorianin nie zrobił ani tak, ani tak. Początkowo zdawało się, że nie uczyni zgoła nic. Kuiil patrzył, jak Mando robi pojedynczy niepewny krok w stronę blurrga. Trzymał ręce wzdłuż tułowia, ukazując dłonie w geście pojednania. Zrobił kolejny krok.

– Tylko spokojnie – powiedział Mando. Tym razem zamiast rzucać się na zwierzę, podchodził do niego spokojnym krokiem, by mogło się oswoić z jego obecnością. – No dobrze.

Istota prychnęła i warknęła, ale go nie pogoniła. Gdy podszedł bliżej, pozwoliła mu położyć dłoń na swojej głowie.

– No dobrze – powtórzył Mando i wspiął się na jej grzbiet.

Zwierzę mruknęło, ale nie próbowało go zrzucić. Nim opuścili zagrodę i wyszli na otwartą pustynię, Mando udało się przyjąć pozycję, dzięki której mógł utrzymać pion.

Po opuszczeniu obozowiska Mando i Kuiil zmierzali jeden za drugim ku wyższym terenom wzdłuż szeregu szczytów. Podążali wąskimi graniami pokrytymi szczelinami tak głębokimi, że nie widzieli dna. Blurrgi przeskakiwały nad nimi z niespodziewaną zwinnością, ani razu nie tracąc równowagi. Gdy zeszli na tereny równinne, dwaj jeźdźcy przemierzali rozległe połacie piachu poprzecinane bruzdami, które już nigdy nie miały się zagoić, spieczone pod bezlitosnym wzrokiem słońca.

Gdy wreszcie dotarli na płaskowyż, Kuiil zatrzymał blurrga i wskazał coś w dole.

– To tam znajdziesz swoją zdobycz.

Spoglądając na znajdujący się w oddali kompleks budynków, Mando sięgnął do bocznej kieszeni uprzęży i wyjął ze środka niewielką sakwę z kredytami.

– Proszę – powiedział do Kuiila. – Zapracowałeś.

Ugnaught pokręcił głową.

– Odkąd ci tutaj pojawili się na planecie, okolica nawiedzana jest przez niezliczonych najemników, którzy tylko sieją zniszczenie w pogoni za nagrodą – odparł. – Mam już tego dość.

Mando spojrzał na kompana ze zdumieniem.

– To dlaczego mnie tu przywiodłeś?

– Nasi goście nie są tu mile widziani – oznajmił Kuiil. – Mieszkańcy tych obszarów pragną spokoju. Nie zaznają go, póki ci tutaj nie znikną.

– Dlaczego mi pomogłeś?

Kuiil nie odpowiedział od razu. Przez lata nie miał do kogo się odezwać, co sprawiło, że teraz ostrożnie dobierał słowa.

– Do tej pory nie spotkałem jeszcze Mandalorianina – odparł – ale czytałem o was opowieści. Jeśli są prawdziwe, uporasz się z problemem w chwilę. I znów nastanie pokój. – Chwycił za wodze i uniósł dłoń, by uciąć dyskusję.

– Powiedziałem swoje.

ROZDZIAŁ 5

OBÓZ NIKTÓW miał kształt litery „U". Składał się z budowli o płaskich dachach wzniesionych wokół otwartego piaszczystego placu. Spoglądając przez lunetę, Mando wypatrzył najemników i strażników, którzy późnym popołudniem zbijali bąki w słońcu. Niktowie mieli łuskowatą skórę i byli przystosowani do warunków panujących na pustyni. Z ich głów i twarzy wyrastały rogi i kolce, które nadawały im przerażający wygląd. Dla Mando wyglądali na niebezpiecznych z tych samych powodów co szturmowcy renegaci w imperialnej bazie – byli znudzeni, dobrze wyposażeni i spragnieni wrażeń.

Nadal ich obserwował i planował akcję, gdy nagle w obozie pojawiła się doskonale mu znana mechaniczna istota, która tylko pogorszyła sytuację.

– Uwaga – odezwał się do najemników mechaniczny łowca nagród, droid serii IG zaprojektowany z myślą o walce. – Na mocy punktu szesnastego klauzuli uchylającej protokół Gildii Łowców Nagród musicie natychmiast okazać mi rzeczoną własność.

– No nie – mruknął Mando.

Strażnicy na placu sięgnęli po blastery, ale IG-11 nadal szedł przed siebie, nie zważając, że tym samym podpisuje na siebie wyrok śmierci. Droid bez wahania podjął walkę. Obrócił się i otworzył ogień w stronę napastnika stojącego tuż przed nim. Jego tors obracał się we wszystkich kierunkach, gdy droid, dzierżąc blastery w obu dłoniach, strzelał raz za razem z mechaniczną precyzją. Nie spudłował ani razu, nawet wtedy, gdy wiązka energii odbiła się od płytki chroniącej jego procesor.

Nim Mando zszedł zboczem i wkroczył do obozu, odgłosy walki ucichły. Plac wypełniła głucha cisza. Gdy opadł kurz walki, zauważył, że ziemia usłana jest ciałami najemnych Ników. W tej ciszy głos droida zabrzmiał równie doniośle i stanowczo jak poprzednio.

– Na mocy punktu szesnastego klauzuli uchylającej protokół Gildii Łowców Nagród musicie natychmiast okazać mi rzeczoną własność – powtórzył, po czym ruszył przed siebie z niezachwianym poczuciem misji tak charakterystycznym dla wszystkich mechanicznych łowców.

Mando schował się za najbliższym rogiem.

– IG, spocznij!

Droid go postrzelił. Mandalorianin poczuł, jak wiązka energii wpija się w jego pancerz. Siła uderzenia sprawiła, że poleciał do tyłu i gruchnął o rząd beczek ustawionych przy ścianie. W tej samej chwili fala bólu przeszła mu przez bark i żebra, gdy usiłował złapać oddech. Beskar w większości zamortyzował strzał, ale w najbliższej przyszłości czekało go mnóstwo bólu.

Droid obserwował go z naprzeciwka. Możliwe, że nadal kalkulował, dlaczego jego blaster nie wyrządził większych szkód. Mando momentalnie oprzytomniał. Wiedział, że od otrzymania bezpośredniego strzału w głowę dzielą go ułamki sekundy. Musiał jakoś przekonać droida.

– Jestem członkiem Gildii! – wrzasnął, wyciągając przed siebie traker.

– Należysz do Gildii? – W głos łowcy po raz pierwszy wkradła się nuta niepewności. – Jestem IG-11 – dodał z zawodową uprzejmością. – Sądziłem, że jestem jedynym łowcą, któremu przydzielono tę misję.

– To jest nas dwóch. – Mando obrócił się w stronę zbrojonego wejścia. Wewnątrz z pewnością znajdowali się kolejni Niktowie, w pełni świadomi tego, że walka na zewnątrz rozegrała się nie po ich myśli. – O zasadzce możemy zapomnieć.

Jednak IG chciał przedyskutować bardziej palącą kwestię.

– Obawiam się, że muszę cię poprosić o twój traker. Cel należy do mnie.

Mandalorianin spojrzał na droida, ważąc w myślach wszelkie opcje.

– O ile się nie mylę – powiedział – obecnie cel nie należy do żadnego z nas.

– Fakt.

– Mam sugestię – dodał.

– Słucham.

– Podzielmy się nagrodą.

– Zgoda – odparł bez wahania droid.

– Świetnie – podsumował łowca. – Oddalmy się na bezpieczną odległość i zaplanujmy akcję.

Jeśli droid udzielił odpowiedzi, to nie dotarła ona do jego uszu, bo właśnie zaatakowała ich druga fala napastników.

Tym razem Niktów było więcej. Wyłonili się z cieni i pojawili na dachach, by ze wszystkich kierunków zaatakować ich salwami z blasterów. Mando zrobił unik i odpowiedział ogniem. Podziwiał, jak IG obraca się we wszystkie strony, posyłając w napastników wiązkę za wiązką. Dzięki oprogramowaniu każdy strzał dosięgał celu – ale mimo to sytuacja szybko zaczęła wymykać się spod kontroli. Znikąd zjawiali się kolejni Niktowie. Mando i IG-11 lada chwila mieli skapitulować w obliczu przewagi sił.

Łowca zerknął na traker. Sygnał przybierał na sile. Mando spojrzał przez plac ku zamkniętym drzwiom. Nie ulegało wątpliwości, że cel znajdował się po drugiej stronie. Byli już blisko, ale ze względu na dwadzieścia metrów dzielące ich od drzwi i nieustępujący ostrzał z blasterów równie dobrze mogli znajdować się po drugiej stronie Dzikiej Przestrzeni.

– Znaleźliśmy się w potrzasku – skwitował droid. Wyglądało na to, że jego oprogramowanie dopuszczało stwierdzanie oczywistych faktów. – Uruchomię procedurę autodestrukcji.

– Chwila! – Mandalorianin zwrócił się w jego stronę. Miał nadzieję, że się przesłyszał. – Co takiego?

– Zgodnie z protokołem producenta nie mogę wpaść w ręce wroga. Muszę ulec samozniszczeniu.

– Niedoczekanie! – odparł Mando. – Kryj mnie!

Okazało się, że IG zgodził się tymczasowo odwlec swój kres. Obrócił się i nadal strzelał, podczas gdy łowca schylił się i przebiegł przez plac ku miejscu, z którego przybył. Znajdował się tam przestarzały panel bezpieczeństwa z systemem kontroli dostępu. Gdyby miał więcej czasu i gdyby przerwano ostrzał, mógłby spróbować złamać zabezpieczenia, ale w obecnej sytuacji nie mógł liczyć ani na jedno, ani na drugie. Po sekundzie w panel uderzyła wiązka z blastera, która zamieniła go w skrzącą się plątaninę drutów i obwodów.

– Przygwoździli nas! – wrzasnął.

– Uruchomię procedurę autodestrukcji – ogłosił radośnie droid.

– Nie uruchamiaj żadnej procedury! Przebijemy się siłą!

Jednak w tamtej chwili coś zmieniło się w bojowym nastawieniu Niktów. Przestali strzelać i oglądali się przez ramię.

Gdy Mandalorianin skierował wzrok tam, gdzie reszta, zrozumiał, co zwróciło ich uwagę – zamontowane na platformie repulsorowej ciężkie działo laserowe, które Niktowie ściągnęli na plac. Ogromna lufa działa skierowana była prosto na łowcę i droida.

– Cóż – skwitował Mando. – Nowy plan. Musimy...

Działo warknęło i wypluło z siebie serię potężnych laserowych wiązek. A ponieważ było zamontowane na platformie repulsorowej, kanonier miał nieograniczony zasięg. Miało wystarczającą siłę rażenia, o czym Mando doskonale wiedział, by jego pancerz nie mógł zatrzymać nawet pojedynczego bezpośredniego strzału. Gdzieś zza pleców dobiegł go głos droida, który ponownie ogłosił uruchomienie protokołu autodestrukcji.

– Ściągnij na siebie ich ogień! – krzyknął Mando. – Ja zajmę się działem!

– Zgoda – odparł IG-11, po czym wyszedł na otwarty teren. Kanonier momentalnie skupił na nim ostrzał. Uderzał w zbrojony korpus droida niekończącą się salwą. Mando był pod wrażeniem poświęcenia się drugiego łowcy. Nieważne, że był droidem – gdy znaleźli się w potrzebie, bez wahania wystawił się na niebezpieczeństwo.

Wykorzystując chwilową nieuwagę, Mando poruszał się w cieniu, by przekraść się za plecy kanoniera, gdy IG w końcu padł pod ciężkim ostrzałem. Z obecnego położenia łowca dostrzegł możliwość i natychmiast z niej skorzystał. Uniósł karwasz i wystrzelił linkę z kotwiczką w bok działa. Naprężył ją i pociągnął na tyle mocno, by obrócić całą platformę repulsorową, skutecznie strącając kanoniera ze stanowiska.

Teraz albo nigdy!

Łowca nagród wskoczył na platformę, złapał za działo, chwycił za stery i spusty i pociągnął. Obracając się wraz z działem, otworzył ogień do pozostałych na placu boju Ników. Czuł drgania broni, gdy ta powalała napastników falami. W kilka sekund było już po wszystkim. Wrogowie padli trupem.

– Dobra robota – ocenił IG-11. – Wyłączę podprogram samozniszczenia.

Mando podszedł do droida i wyciągnął dłoń, by pomóc mu wstać.

– Ty też spisałeś się niczego sobie – przyznał. – Jak na droida.

– Zgoda.

– Nieźle dostałeś z blastera. – Spojrzał na zwęglone metalowe płyty na korpusie droida. – Nic ci nie jest?

IG-11 przeprowadził szybką diagnostykę i potwierdził, że strzał nie uszkodził centralnej sieci neuronowej. Mandalorianin przytaknął, westchnął głęboko i spojrzał na traker.

– No cóż – powiedział. – Wystarczy, że otworzymy drzwi.

Stali tak przez chwilę, po czym obaj powiedli wzrokiem ku działu.

ROZDZIAŁ 6

NA SZCZĘŚCIE działo uporało się ze zbrojonymi drzwiami w jedną chwilę. Po kilku bezpośrednich strzałach puściły i opadły z hukiem.

Mando zatrzymał się w przejściu i rozejrzał się. Powietrze wewnątrz pomieszczenia było stare i stęchłe. W słupach światła unosił się kurz, który opadał na skrzynie i paczki ustawione na chybił trafił pod ścianami. Łowca nie potrafił powiedzieć, kto poza Niktami zamieszkiwał kompleks, jaką pełnił on funkcję i czy ktoś w ogóle pozostał przy życiu.

Jakby zwabiony przez niewypowiedziane pytanie, zza rogu wyłonił się pojedynczy Nikto uzbrojony w blaster. Mandalorianin strzelił, nawet niespecjalnie celując. Strażnik poleciał do tyłu i padł na ziemię.

– Ktoś jeszcze?

Odpowiedziała mu głucha cisza, której akompaniował dźwięk trakera. IG-11 zwrócił się w jego stronę.

– Według moich odczytów w pomieszczeniu jest obecna jakaś istota.

Mando wyciągnął przed siebie traker i zaczął iść powoli w kierunku natężenia dźwięku. Podążał za sygnałem, aż wreszcie jego oczom ukazał się kontener w kształcie srebrnego jaja, który unosił się tuż nad posadzką. Mando schylił się i wcisnął przycisk otwierający kontener. Zasłona otworzyła się, ukazując niewielką, częściowo przysłoniętą kocem bryłę.

Łowca nagród przyglądał się jej przez chwilę. Leżąca wewnątrz istota uniosła trójpalczastą dłoń i ściągnęła koc z twarzy. Oczom łowcy ukazała się zielonoskóra twarzyczka o malutkich ustach, równie malutkim nosku i dużych, żywych oczach. Uszy istoty były tak długie, że niemal dotykały krawędzi repulsorowej gondolki. Istotka otworzyła usta i Mando usłyszał łagodny dźwięk, który przywiódł mu na myśl gaworzenie niemowlęcia.

– Czekaj! – powiedział do IG-11. – Przecież cel miał mieć pięćdziesiąt lat.

– Gatunki starzeją się w różnym tempie – skwitował rezolutnie droid. – Możliwe, że ma na karku wiele stuleci. – Uniósł blaster. – No cóż, nigdy się nie dowiemy.

– Nie – odparł Mando. – Weźmiemy go ze sobą żywego.

– Zlecenie było jednoznaczne. Mieliśmy zlikwidować cel.

Mando spojrzał na droida. Wyczuwał jego determinację – prosta kwestia oprogramowania, czyli coś, z czym nie dało się dyskutować. Podjęcie decyzji zajęło mu moment. Uniósł blaster i strzelił prosto w werbomózg IG-11. Droid padł na posadzkę. Z otworu w pancerzu wydostała się cienka wstęga dymu. Mando złożył broń i zwrócił się w stronę repulsorowej gondolki. Wyciągnął dłoń w stronę istotki, która wpatrywała się w niego wielkimi oczyma.

Dotknęli się palcami.

Po chwili opuścili pomieszczenie i wyszli na światło dnia.

ROZDZIAŁ 7

PRZEZ LATA w zawodzie łowcy Mandalorianin podążał za rozmaitymi celami – niektórzy byli agresywni, inni – łagodni, jeszcze inni byli charyzmatyczni i pozornie przyjacielscy – ale nigdy nie napotkał istoty takiej jak to... dziecko.

O ile to jest dziecko, pomyślał. Owszem, miało pięćdziesiąt lat, ale w głowie cały czas dźwięczały mu słowa IG-11: *Gatunki starzeją się w różnym tempie*. Przyłapał się na tym, że ciągle spogląda w stronę istoty, chcąc dojść z nią do ładu. Patrzyła na niego jednocześnie z ciekawością, podziwem i zaufaniem, co wskazywało na to, że była bardzo młoda. Możliwe, że miał do czynienia z niemowlęciem. Jednak w jego oczach kryła się żywa inteligencja.

Gdy Mando szedł przed siebie, gondolka unosiła się za nim w powietrzu w niewielkiej odległości. Opuścili plac i zmierzali ku wzniesieniu, ku miejscu, gdzie poszarpane szczyty wznosiły się ponad czerwieniejącym horyzontem. Myślami Mandalorianin wybiegał już do spotkania z Klientem na Nevarro. Zachodził w głowę, co takiego mężczyzna mógł chcieć od celu o tak dużej wartości. Oczywiście galaktyka pełna była wartościowych i śmiertelnych istot, które potrafiły sprawiać wrażenie bezbronnych i nijakich, by wykorzystać tych, którzy błędnie ocenili ich intencje i możliwości.

Wzrok Mando ponownie powędrował ku Dziecku w gondolce, która unosiła się nad ziemią na wyciągnięcie ręki. Istotce zalśniły oczy. Z zainteresowaniem chłonęła szczegóły krajobrazu. Możliwe, że Klient był fascynatem, kolekcjonerem egzotycznych gatunków, który pragnął uzupełnić zwierzyniec w prywatnej menażerii.

Skąd jednak tylu strażników? Dlaczego droga wiodąca ku Dziecku była tak silnie strzeżona?

Mandalorianin przystanął, by przyjrzeć się wąskiemu jarowi ograniczonemu z obu stron wysokimi ścianami, który stał na drodze do statku. Niewielkie istoty – prędkie, przypominające jaszczurki gorvin snu – pędziły po skałach, przebierając nogami. Dziecko nie mogło oderwać od nich wzroku. Wkrótce miało się ściemnić i łowca musiał podjąć decyzję, którędy wrócić na lądowisko. Jego blurrg zniknął – widocznie w którymś momencie oddalił się w sobie tylko znanym kierunku. Wyglądało na to, że będą musieli pokonać dalszą drogę pieszo, co oznaczało...

Zamarł w pół kroku. Wsłuchał się w ciszę. Usłyszał świst wiatru wiejącego przez otwarty kanion, a następnie cichy, ale niepozostawiający wątpliwości szelest materiału. Nie byli sami. Po skalnej ścianie po lewej przeszedł cień.

Mando poluzował zapięcie kabury. Jego dłoń spoczęła na blasterze.

Po sekundzie z wrzaskiem naskoczył na niego Trandoshanin dzierżący wibrotopór. Mandalorianin zszedł z linii ostrza i zamachnął się, by odepchnąć gondolkę dziecka możliwie daleko. Zdało mu się, że z wnętrza doszedł go – czy to możliwe? – stłumiony chichot.

Znikąd wyskoczył drugi Trandoshanin, by pomóc pierwszemu. Obaj machali toporami, ryczeli i prychali, atakując go z obu stron. Mando uniósł karabin, by zablokować atak pierwszego z napastników, jednak drugi zrobił niski zamach i broń dosięgnęła napierśnika. Ostry topór przeciął pancerz i rozciął skórę, a przez ciało Mandalorianina przeszła fala ostrego bólu.

Napastnicy poczuli krew, co ich tylko rozzuchwaliło. Mandalorianin zdołał zwalić jednego z nóg. Obrócił się i w ułamku sekundy ugodził karabinem stojącego przed nim Trandoshanina, posyłając w jego ciało wyładowanie elektryczne, po czym łupnął go w potylicę. Gdy drugi z agresorów cofnął się, odwrócił i zaczął się oddalać, Mando uniósł karabin i skorzystał z trybu rozrywającego. Po uciekinierze została sterta ubrań, które opadły bezładnie na ziemię.

Ale wśród ubrań coś leżało.

Mando spojrzał na materiał i zauważył traker, z którego korzystali Trandoshanie. Kolejni łowcy nagród przybyli po zgubę. Ilu łowców wynajął Klient? Tuzin? Stu?

Westchnął głęboko. Biorąc pod uwagę wydarzenia sprzed chwili, spodziewał się kolejnych konfrontacji. A ponieważ na pustyni zerwał się wiatr i nadciągała noc, musieli gdzieś przystanąć i odpocząć, najlepiej wysoko, by mógł zreperować zbroję i opatrzyć rany.

Udali się w dalszą drogę.

Noc zapadła nagle, niespodziewanie. Całe szczęście, że Mando znalazł wcześniej miejsce na postój. Zapalił światło, usiadł i uruchomił kauteryzator, by przypalić rany na piersi i ramieniu. Rana od wibrotopora była bolesna, ale niezbyt głęboka. Kauteryzator ściągnął skórę i wkrótce w tym miejscu miała powstać blizna – nie pierwsza i nie ostatnia.

Mando uniósł wzrok. Okazało się, że Dziecko wygramoliło się z gondolki i podeszło do niego z wyciągniętą dłonią, jak gdyby wyczuło, co próbuje osiągnąć – wyczuło jego ból, trud procesu leczenia – i chciało pomóc.

Mandalorianin spojrzał na istotę i pokręcił głową.

– Wracaj tam.

Podniósł Dziecko i otulił je w gondolce. Panowały niemal kompletne ciemności. Na niebie migotały pierwsze gwiazdy i z każdą chwilą pojawiało się coraz więcej świetlistych punktów. Nagle Mando poczuł się bardzo zmęczony.

Przymknę oczy. Na minutkę...

Gdy otworzył je ponownie, był już dzień.

ROZDZIAŁ 8

NIM DOTARLI do „Brzeszczotu", było już za późno.

Gdy Mando stanął na szczycie wzniesienia z unoszącą się tuż obok gondolką, usłyszał niedające się pomylić z niczym innym wysokie trajkotanie, które jakimś cudem zdradzało radość i rozdrażnienie zarazem. Nie posługiwał się tym językiem, ale miał okazję osłuchać się z jego brzmieniem.

Jawowie.

Podszedł do krawędzi skarpy i spojrzał w dół na niewielką armię zakapturzonych istot, które krzątały się pracowicie przy „Brzeszczocie", usuwając części i transportując je po rampie do czeluści ogromnego piaskoczołgu. Jako odwieczni mieszkańcy pustyń, Jawowie uważali się za prawowitych właścicieli wszystkiego, co dało się unieść, a gdy chodziło o całą resztę, uznawali władzę wiatru, piasku i słońca.

Biorąc pod uwagę opłakany stan „Brzeszczotu", wyglądało na to, że zdołali już ogołocić kanonierkę do szczętu. Znaczna jej część zniknęła w bebechach piaskoczołgu.

Mando sięgnął po karabin rozrywający i skierował go w stronę Jawów. Wybrał pierwszego nieszczęśnika na chybił trafił i pociągnął za spust. Brązowa szata poleciała w powietrze i opadła – pusta – na piach. Pozostali złomiarze zareagowali w okamgnieniu. W jednej chwili zapanował popłoch. Jawowie rzucili, co mieli w rękach, i zaczęli piszczeć, poszukując schronienia. Mando przeładował broń i, tym razem się nie śpiesząc, odstrzelił dwójkę wolniejszych Jawów, podczas gdy reszta wbiegła po rampie do piaskoczołgu i zamknęła szczelnie burtę.

Łowca zaczął zbiegać ze skarpy, gotów do oddania kolejnego strzału. Piaskoczołg już ruszył. Był z wyglądu wiekową fortecą na gąsienicach, smaganą piaskiem, więc tym bardziej dziwiła jego prędkość. Mando ocenił odległość dzielącą go od uciekiniera. Musiał przyśpieszyć, by dobiec do pojazdu. Potrzebował tych części. Musiał zrobić wszystko, co w jego mocy, by je odzyskać.

Nawet jeśli wiązało się to ze wspięciem się na burtę piaskoczołgu.

Mando wystrzelił linę z kotwiczką i zaczął się wspinać po boku pojazdu. Ten gwałtownie skręcił w kierunku wychodni skalnej. Mando zauważył przeszkodę i wtulił się mocno we wnękę w ścianie piaskoczołgu. Mało brakowało, a zostałby zgnieciony. Od śmierci dzieliły go sekundy. Pojazd otarł się o ścianę skały. Mando uczepił się metalowej krawędzi i zaczekał, aż ten oddali się od skał, po czym wznowił wspinaczkę. Peleryna łowcy powiewała na wietrze. Miał wrażenie, że próbuje wspiąć się na metalowy klif, ale nie miał innego wyjścia. Gdyby tylko udało mu się dotrzeć na samą górę...

Bum! Coś uderzyło go w bark. Uniósł wzrok. W ścianie piaskoczołgu zaczęły otwierać się liczne luki, z których wystawiali głowy Jawowie. Ich ślepia świeciły ze złośliwą radością, gdy rzucali w niego czym popadnie – zardzewiałym kołem, kończyną droida, postrzępioną metalową zębatką. Uchylając się przed pociskami, łowca się potknął. Teraz kurczowo trzymał się jedną dłonią, przebierając nogami w powietrzu, a kolejny zaimprowizowany pocisk przeleciał mu ze świstem tuż obok głowy, mijając go o centymetry.

Mando zamachnął się nad głową wolną ręką i posłał kotwiczkę pionowo w górę. Kotwiczka owinęła się wokół jednej z metalowych anten, które wyrastały z dachu pojazdu. Sapnął z wysiłku i zaczął wspinać się po burcie na złamanie karku.

Przywitały go kolejne śmieci, które uderzyły w jego wizjer. Piaskoczołg był mobilnym wysypiskiem śmieci, więc Jawom nie brakowało amunicji. Mando słyszał, jak chichoczą i zakładają się, który trafi go najwięcej razy, nim dotrze na samą górę. Ale już za chwilę nie będzie im do śmiechu; był już prawie...

Tuż przed nim otworzył się luk. Ze środka wychylił się Jawa, który dźgnął go w pierś elektrycznym poganiaczem. Porażony prądem Mando jęknął z bólu i zawisnął bezwładnie na lince. Chwycił Jawę, wyciągnął go siłą z luku i puścił. Usłyszał wysokie zawodzenie.

Gdy dosięgnął dachu piaskoczołgu, podciągnął się za krawędź i dobył blastera.

Na dachu stał już tuzin Jawów, którzy celowali w niego z blasterów jonizacyjnych. Jak jeden mąż wydali z gardeł okrzyk zwycięstwa i wypalili w tej samej chwili. Mando ogarnęła ciemność. Padł do tyłu, w jeszcze większą ciemność.

– Rzucali w ciebie *odzyskanym mieniem*? – zapytał Kuiil. Relacja Mando go nie zdziwiła, a jedynie zaintrygowała. – Ciekawe. Zazwyczaj Jawowie niechętnie rozstają się z tym, co znaleźli na pustyni.

– Próbowali mnie zabić – odparł Mandalorianin. – Zawisłem na boku piaskoczołgu.

Znów zmierzchało. Kuiil ugościł na farmie wilgoci łowcę wraz z dziwną istotą, którą ten ze sobą sprowadził. Mandalorianin odpłacił mu za gościnę fascynującą opowieścią o tym, co się przydarzyło jemu oraz jego kanonierce. Wspomniał też o grupie Jawów. Najwyraźniej łowca wdał się w pościg, a potem rozpętała się ogromna bitwa, w której Mandalorianin poniósł sromotną klęskę.

Kuiil chłonął każdy szczegół opowieści. Szczególnie interesowała go desperacka próba wspięcia się na burtę piaskoczołgu pod ostrzałem śmieci i kawałków metalu, którymi to obrzucali łowcę Jawowie. Gdy Mandalorianin dotarł do momentu, jak wspiął się na dach i dostał z broni od tuzina Jawów, po czym spadł przez krawędź, Kuiil pokręcił głową z zachwytem. To, że łowca przeżył upadek, świadczyło o jego nadludzkiej wytrzymałości, a także o wytrzymałości jego zbroi. Następnie Kuiil zainteresował się celem łowcy, który w tamtej chwili bacznie obserwował pobliską żabę. Wskazał malca dłonią.

– To o niego to całe zamieszanie? – zapytał.

– Wydaje mi się, że to jeszcze dziecko – odparł Mando.

Kuiil nigdy nie widział takiej istoty. – Lepiej, by klient dostał go żywego.

– Jawowie zniszczyli moją kanonierkę. – Mandalorianin majstrował przy jednym z karwaszów zbroi. – Utknąłem tu.

– Ogołocili, owszem – poprawił go Kuiil – ale nie zniszczyli. Jawowie kradną, ale nie niszczą.

– Ukradli, zniszczyli, bez różnicy – skwitował Mando. – Schronili się w ruchomej fortecy. Nigdy nie odzyskam części.

Za jego plecami cel łowów – Dziecko – zatrajkotał z radości, gdy rzucił się na żabę.

Kuiil wpadł na pomysł.

– Mógłbyś się wymienić.

– Z Jawami? – zdziwił się Mando. – Zwariowałeś?

– Zaprowadzę cię do nich – postanowił Ugnaught. Nim łowca zdążył zaprotestować, dodał:

– Powiedziałem swoje.

Spojrzał na Dziecko. Okazało się, że po złapanej żabie została para nóg, która wystawała z ust istoty.

– Hej! – rzucił Mando. – Wypluj to!

Jednak Dziecko przełknęło i nogi płaza zniknęły w jego gardle. W odpowiedzi Mando usłyszał głośne beknięcie.

– Przynajmniej odpada ci kwestia posiłków – zauważył Kuiil. – Wygląda na to, że żywi się samo.

– Długo ze mną nie pobędzie – odparł Mandalorianin.

Kuiil przytaknął, spoglądając w dal.

– Jeśli mamy odzyskać kanonierkę, powinniśmy się zbierać.

Jechali przez całą noc, pokonując rozległe połacie pustyni, które nie widniały na żadnych mapach. Nad ich głowami szalała dzika burza z piorunami, które mknęły po całym niebie. Kuiil prowadził z grzbietu blurrga, a Mandalorianin jechał za nim na pustej platformie repulsorowej. Marne szanse, że uda im się odzyskać cokolwiek od Jawów, ale jeśli łowca zamierzał opuścić planetę, nie miał innego wyjścia.

Już świtało, gdy dostrzegli na widnokręgu piaskoczołg i obóz Jawów. Złomiarze również ich zauważyli. Kuiil widział, jak dobywają broni i szykują się do odparcia ataku.

– Z jakiegoś powodu naprawdę za tobą nie przepadają – skwitował Ugnaught.

– Cóż... – Mandalorianin obserwował, jak z luków w burcie piaskoczołgu wystawiają głowy kolejni Jawowie. – Kilku dezintegrowałem.

– Odłóż karabin.

– Jestem Mandalorianinem. Broń stanowi część mojej religii.

– Wobec tego pożegnaj się z częściami – odparł Kuiil.

Łowca nagród westchnął. Z wielkim ociąganiem odłożył na bok karabin. Kuiil podszedł do Jawów i cierpliwie przekazał wiadomość, a potem równie cierpliwie wysłuchał odpowiedzi. Miał rację: naprawdę nie przepadali za Mandalorianinem i nadal mieli żal o niedawne wydarzenia. Jednak po kolejnej chwili Kuiil powrócił z ofertą.

– Oddadzą ci wszystkie części w zamian za beskar – rzekł.

– Niedoczekanie! – uciął Mando. – To moje części. Ukradli mi je! – Obrócił się w stronę Jawów i przywołując szczątkową wiedzę o ich języku, powiedział:

– *Dee-jugg... dee-jugg... je-jo-so....*

Jawowie wybuchnęli śmiechem, przedrzeźniając łowcę.

– *Twój jawaski jest straszny* – szydził stojący przed nim Jawa. – *Brzmisz jak Wookiee!*

– Może to do ciebie dotrze! – Mando wystawił przed siebie dłoń i uruchomił miotacz ognia na karwaszu. W powietrze wystrzelił pomarańczowy płomień, a Jawowie wrzasnęli z zaskoczenia i przerażenia. Cofnęli się, niewątpliwie rzucając mięsem pod adresem łowcy.

Jednak Kuiil się nie poddał. Wznowił negocjacje z Jawami spokojnym, pełnym szacunku tonem. Wyglądało na to, że Jawowie naprawdę go słuchają.

– *Proszę* – powiedział. – *Musi istnieć coś innego, coś, czego pragniecie, co przyjęlibyście w zamian za części.*

Tym razem Jawowie odpowiedzieli słowami, które pojął nawet Mandalorianin.

– *Musisz przynieść nam Jajo. Pragniemy Jaja.*

– Jaja? – Mando spojrzał w twarz Kuiilowi. – Jakiego jaja?

Jednak w odpowiedzi złomiarze skandowali jedno słowo.

– *Jajo. Jajo. Jajo.*

Kuiil i Mando spojrzeli po sobie. Niewykluczone, że pomyśleli to samo.

To w końcu tylko jajo. Nic trudnego, prawda?

ROZDZIAŁ 9

BACH!

Mandalorianin padł na plecy u wejścia do jaskini. Jej mieszkaniec, bliżej niezidentyfikowana bestia, posłał go w powietrze. Uderzył w ziemię z głuchym łomotem, który wypchnął mu powietrze z płuc i sprawił, że przez chwilę nie mógł zaczerpnąć tchu. Wszystko rozegrało się w kilka sekund. Istota, której miał ukraść jajo, by odzyskać części kanonierki – Jawowie nazywali ją bagnorożcem – podbiegła i uderzyła go z główki. Miał wrażenie, że zderzył się z żywą ścianą mięśni i kości.

Dobiegły go dźwięki, które świadczyły o tym, że bestia za chwilę wyłoni się z jaskini, by dokończyć dzieła.

Mando zdołał unieść głowę. Zaczął odzyskiwać ostrość wzroku. Patrzył, jak bestia wynurza się z cuchnących czeluści legowiska. Przez chwilę łowca mógł się jedynie głupio gapić. Bagnorożec okazał się znacznie większy i bardziej niebezpieczny, niż wydawało się w grocie. W świetle dnia masywny róg barwy kości, który wyrastał z kudłatego czerepu, sprawiał wrażenie wystarczająco ostrego, by przebić wszystko, co potwór napotka na swojej drodze. Matowa brązowa sierść bestii pokryta była błotem i innymi plugastwami.

Zwierzę cuchnęło śmiercią.

I było wściekłe.

Mando chwycił za karabin. Gdy bestia zmierzała w jego stronę, poczuł, jak pod jej ciężarem trzęsie się grunt. Uniósł karabin, wycelował i pociągnął za spust...

Bez skutku. Coś poszło nie tak. Karabin nie chciał wystrzelić. Bestia nabierała prędkości. Galopowała, zmniejszając dystans do celu...

TRACH!

Łowca znów poleciał w powietrze. Gdy tym razem uderzył o ziemię, usłyszał elektryczne trzaski uszkodzonych sensorów wewnątrz hełmu. Obraz wrócił w postaci roju mikroskopijnych migoczących pikseli. Po chwili przybrały postać bestii, która stanęła dęba i zaszarżowała po raz trzeci.

Jęcząc z bólu, Mando przeturlał się w ostatniej chwili. Uniósł rękę i wystrzelił w pysk potwora z miotacza ognia. Napastnik zaryczał z wściekłości, ale się nie cofnął pomimo płomieni. Mando posłał w jego kierunku linkę z kotwiczką, zaparł się i dopiero wtedy pojął ogrom swojego błędu. Teraz, gdy zwierzę znalazło się na uwięzi, mogło nim miotać do woli. Bagnorożec z furią na zmianę szurał nim po ziemi i ciskał nim w powietrze. Mando po omacku próbował dobyć broni. Na próżno. Jego karabin gdzieś się zapodział. Blaster tak samo. A wraz z nimi utracił resztki nadziei na pokonanie bestii.

Bagnorożec, który zdawał się przeczuwać moment triumfu, obrócił się i obniżył głowę. Walnął pyskiem o ziemię, zawył i zaszarżował.

Mando sięgnął dłonią po nóż.

Wyciągnął go przed siebie, trzymając obiema rękami. Możliwe, że na szyi bestii znajdował się czuły punkt, jakieś naczynie krwionośne, które mógłby naciąć lub przekłuć – wtedy miałby szansę. A jeśli nie, przynajmniej sprezentuje bestii szramę, coś, co sprawi, że go zapamięta.

Zamknął oczy i czekał.

Lecz nie doczekał się.

Po chwili dobiegło go zawodzenie bestii, które dochodziło z niewielkiej odległości. Jednak tym razem brzmiało inaczej – jak kwilenie zaskoczonego drapieżnika, który doświadczył czegoś nowego i zupełnie niepojętego.

Mandalorianin uniósł wzrok i zmarszczył brwi. Nie wierzył własnym oczom.

Bezpośrednio przed nim, niemal na wyciągnięcie ręki, bagnorożec zawisł w powietrzu. Bezradnie przebierał przysadzistymi nogami, szarpiąc się, warcząc i kiwając na boki głową, schwytany w sieć, której nie pojmował, godząc rogiem w niewidzialnego wroga.

Mando stał jak wryty. Zastanawiał się, czy śni na jawie. A może tak solidnie dostał w głowę albo zepsuł mu się wizjer? Nic – dosłownie nic – nie miało tu sensu. Jednak im dłużej tak stał, tym bardziej dochodził do wniosku, że bestia zawisła w powietrzu. Ale jak...?

Dopiero wtedy spojrzał na Dziecko.

Było tam, gdzie do tej pory, w srebrnej repulsorowej gondolce, która podążała za Mando w drodze do jaskini. Jednak robiło coś, co łowca zobaczył po raz pierwszy.

Miało zamknięte oczy, a na jego twarzy malowało się skupienie. Wyciągnęło malutką dłoń w stronę bagnorożca, rozczapierzając palce. Jego ciałko całe drgało, niemal trzęsło się z wysiłku – jakby działało z całej siły, by unieść niewyobrażalny ciężar.

Mando uświadomił sobie, że w istocie tak było.

Wreszcie Dziecko całkowicie opadło z sił. Upadło do tyłu w gondolce, a w tej samej chwili bagnorożec runął na ziemię, rycząc z zaskoczenia.

Mandalorianin dostrzegł szansę. Wybił się do przodu, zamachnął się dłonią i wbił ostrze w grubą szyję bestii aż po rękojeść. Zwierzę zaskomlało i momentalnie osłabło. Miotało się, niezdolne do dalszej walki. Wreszcie wzięło ostatni wdech, runęło na bok i ugrzęzło w błocie. Z jego szyi nadal wystawała rękojeść noża. Mando padł tuż obok, kompletnie wyczerpany.

Po chwili zmusił się, by wstać. Odzyskał ostrze, po czym podszedł do srebrnej gondolki. Wewnątrz Dziecko leżało bez ruchu. Miało zamknięte oczy. Wyglądało na tak zmęczone, jak zmęczony czuł się Mando. Spoglądając na malca, łowca analizował w myślach pierwsze z tysiąca pytań, jakie kłębiły się mu w głowie. Pytań, na które z pewnością nie było łatwych odpowiedzi.

Ale teraz nie pora na pytania.

Odwrócił się i zaczął zmierzać ku wejściu do jaskini.

Gdy wrócił z Jajem do piaskoczołgu, Jawowie już się zbierali, by odjechać. Właśnie chowali rampę. Mandalorianin wiedział, że gdyby dotarł na miejsce choć chwilę później, wszystko spełzłoby na niczym. Oczekiwał go Kuiil. Gdy dostrzegli go Jawowie, zwrócili się ufnie w jego kierunku.

– Mam je – ogłosił Mando. – Mam Jajo.

Gdy złomiarze dostrzegli zdobycz, rozległy się długie owacje. Otoczyli łowcę i wzięli od niego Jajo. Miało postać dużego owalu pokrytego warstwą śliskiego zabłoconego włosia.

Mando przyglądał się, jak Jawowie zabierają nagrodę w pobliże piaskoczołgu. Jeden z nich uniósł je na wiwat, jakby było uświęconą relikwią. Po chwili przywódca Jawów dobył noża i ściął górę skorupy, by odsłonić jasnożółtą ciecz. Pozostali Jawowie przybliżyli się, zanurzali w niej dłonie i wyciągali gęste, kleiste nici przysmaku, który z wielką błogością wpychali sobie do ust.

Mandalorianin przyglądał się uczcie z niedowierzaniem. Pokręcił głową. Podszedł do Kuiila.

– Nie mogę uwierzyć, że zaczekałeś.

– Nie mogę uwierzyć, że tyle ci to zajęło – odparł Kuiil, po czym przyjrzał się badawczo poturbowanej zbroi łowcy. – Zakładam, że masz w zanadrzu kolejną opowieść?

– Dobrze zakładasz – odparł Mando.

Tamtej nocy wrócili na farmę wilgoci. Kuiil siedział okrakiem na blurrgu, który ciągnął repulsorową barkę załadowaną po brzegi wszystkimi częściami „Brzeszczotu" zwróconymi przez Jawów. Mandalorianin siedział z przodu barki, a obok spoczywało w gondolce Dziecko, które do tej pory nie otworzyło oczu.

– Nadal śpi? – zapytał Kuiil.

– Tak.

– Zostało zranione?

– Nie wydaje mi się – stwierdził Mando. – Przynajmniej nie fizycznie.

– Możesz mi to jeszcze raz wyjaśnić? – poprosił Kuiil, wracając do tego, co zrelacjonował mu łowca. – Nadal zachodzę w głowę, co tam się wydarzyło.

– Ja też.

Dalej jechali w ciszy, pogrążeni w myślach. Kuiil co pewien czas spoglądał na Dziecko. Nigdy nie widział podobnej istoty. I chociaż nie wątpił w ani jedno słowo Mandalorianina, nadal było mu ciężko uwierzyć w zasłyszaną opowieść. Poskromienie bagnorożca to jedno. Co innego sprawienie, by taka bestia unosiła się nad ziemią... szczególnie gdy sprawcą miał być ten malec... Nie potrafił tego pojąć.

Gdy dotarli do „Brzeszczotu", Kuiil przyglądał się, jak Mandalorianin opuszcza barkę i ocenia szkody – daleko idące szkody – po czym kręci głową z rezygnacją.

– Nie ma mowy, abyśmy poradzili sobie bez dostępu do stacji napraw – ocenił łowca. – Naprawy zajmą całe dni.

– Jeśli mi pomożesz – odparł Kuiil – możliwe, że pójdzie nam szybciej. Przed nami mnóstwo pracy.

Pracowali przez resztę nocy, montując części wyrwane przez Jawów, lutując przewody i spawając. Kuiil potrafił zatracić się w czymś, co uwielbiał robić. Zawsze czerpał głęboką satysfakcję z reperowania zepsutych rzeczy. Lubił wysłuchiwać, co nie działa, by móc przywrócić życie każdej maszynie. Parokrotnie nawet przyłapał się na tym, że podczas pracy mówi łagodnym głosem do komputerów pokładowych niczym lekarz zapewniający pacjenta, że nie ma się czego obawiać i wszystko będzie w porządku.

Krok po kroku „Brzeszczot" powracał do życia. O świcie Kuiil i Mando stali już ramię w ramię w kokpicie. Łowca uruchomił główne silniki kanonierki i wyjrzał przez boczny iluminator. Silniki ożyły.

– Nie wiem, jak ci dziękować – powiedział do Kuiila. – Proszę, przyjmij część nagrody.

Kuiil spojrzał na niego z szacunkiem.

– Muszę odmówić – odparł. – Jesteś moim gościem, wobec czego jestem do usług.

Łowca przytaknął, po czym spróbował podejść Kuiila nieco inaczej.

– Przydałby mi się członek załogi o twoich zdolnościach – stwierdził. – Mogę ci sowicie zapłacić.

– Jestem zaszczycony – rzekł Kuiil – ale pracowałem całe życie dla innych, by teraz móc cieszyć się wolnością.

Mando znów przytaknął.

– Rozumiem. Wobec tego przyjmij moje podziękowania.

– Ja zaś oferuję swoje – odparł Kuiil. – Dzięki tobie w mojej dolinie zapanował pokój.

Opuścili kokpit i zeszli rampą. Na zewnątrz czekał blurrg Ugnaughta. Kuiil dosiadł wierzchowca, po czym uniósł dłoń i zasalutował.

– Powodzenia z Dzieckiem. Oby przeżyło i przełożyło się na sowitą zapłatę. – Zamilknął na dłuższą chwilę. – Powiedziałem swoje.

ROZDZIAŁ 10

GDY „BRZESZCZOT" WZBIŁ się w powietrze, Mandalorianin wprowadził współrzędne do komputera nawigacyjnego i zaczekał, aż kanonierka przemieli liczby. Czekała go długa podróż. Chwycił dźwignię i delikatnie pchnął ją do przodu.

Obrócił się, by spojrzeć na gondolkę i spoczywającą wewnątrz malutką, nieruchomą istotkę.

Dziecko nadal się nie poruszyło i nie otworzyło oczu. Wysiłek towarzyszący uniesieniu bagnorożca wyczerpał je do cna. Mando delikatnie rozhuśtał gondolkę, ale nic to nie dało. Możliwe, że spoczywająca w niej istota tylko spała. Odwrócił się w stronę konsolety.

Po chwili zza pleców usłyszał ciche gruchanie.

Odwrócił się i zobaczył, że Dziecko siedzi wyprostowane. Jego otwarte oczy aż jaśniały radością. Wpatrywało się w niego z tym samym zainteresowaniem co wcześniej. Mandalorianin odwzajemnił spojrzenie.

Dziecko było zdrowe i dobrze się czuło. Na tę chwilę musiało to wystarczyć.

Łowca po raz ostatni sprawdził kurs na Nevarro i przygotował się do długiej podróży powrotnej.

Później usłyszał cichy szelest materiału i odrzucanych koców. Dziecko wygramoliło się ze srebrnej repulsorowej gondolki, stanęło na podłodze i powoli dreptało w jego stronę. Widocznie coś na konsolecie zwróciło jego uwagę, coś małego i błyszczącego.

Nim Mando zdążył zareagować, usłyszał przeszywający dźwięk. Włączył się holoprojektor i w powietrzu zawisł wizerunek Greefa Kargi. Mężczyzna opierał dłonie na biodrach. Wyglądał na wielce zadowolonego.

– Mando – zagaił. – Otrzymałem twoją wiadomość. Wspaniałe wieści. Po powrocie przekaż cel bezpośrednio Klientowi. – Przedstawiciel Gildii parsknął. – Nie mam pojęcia, czy malec skończy w jego żołądku, czy zawiśnie na ścianie, ale Klient już się nie może doczekać. – Skinął głową. – Bezpiecznej podróży. Wiesz, gdzie mnie znaleźć.

Mando spojrzał na Dziecko, które zawzięcie odkręcało kulkę wieńczącą jedną z dźwigni. Gdy dokonało dzieła, uniosło ją przed siebie, jakby zaraz zamierzało ją połknąć. Łowca nagród ukrócił zapędy malca.

– To nie zabawka – ostrzegł.

Złapał Dziecko za tylną część szatki i pomimo cichych protestów umieścił je w gondolce, by skupić się na podejściu do Nevarro.

Podążając tłumnymi ulicami wśród zlewających się zapachów i brudnych postindustrialnych szarości miasta, Mandalorianin skierował się ku imperialnej bazie, w której miał się spotkać z Klientem. Skręcił w alejkę, a za nim podążała repulsorowa gondolka, w której spoczywało Dziecko. Zatrzymał się i załomotał w drzwi.

Po chwili ze ściany wychylił się droid odźwierny o długiej teleskopowej nóżce zakończonej pojedynczym czerwonym ślepiem. Wybełkotał coś, co brzmiało zarazem jak pytanie i wyzwanie.

Mando wyjął krążek, który otrzymał od Greefa Kargi na początku zlecenia, i uniósł go na wysokość czerwonego oka. Po chwili drzwi otworzyły się. Wewnątrz stali dwaj szturmowcy renegaci w pełnej gotowości bojowej. Wyszli na zewnątrz, łypnęli lekceważąco na Dziecko i skierowali wzrok na Mando, po czym przejęli gondolkę i siłą wciągnęli ją do środka.

– Uważajcie! – zwrócił im uwagę łowca.

Jeden z gwardzistów spojrzał na niego spode łba.

– Sam uważaj.

Weszli do środka, przeszli przez wąską halę i pokonali kolejną parę drzwi. Na wprost, w większej sali za biurkiem siedział Klient, a u jego boku stał doktor Pershing. Na ich widok starszy mężczyzna wstał z nieskrywaną radością.

– Tak – powiedział, podchodząc do gondolki i pochylając się, by przyjrzeć się dziecku. – Tak, tak, tak.

Dziecko jęknęło cicho, gdy Pershing pomachał sensorem przed jego twarzyczką i zaświecił światełkiem po jego oczach. Bursztynowe światło rzucało złożone wzory, gdy urządzenie skanowało istotę.

– Okaz zdrowia – ocenił lekarz. – Idealnie.

Klient wyprostował się, by spojrzeć na Mandalorianina.

– Widać twoja reputacja jest zasłużona.

– Ile rozdałeś trakerów? – rzucił Mando, mając w pamięci droida serii IG i Trandoshan, którzy zasadzili się na niego na Arvali-7, a także wszystkich, którzy próbowali pozbawić go życia w trakcie zlecenia.

– Cel był bardzo wartościowy – odparł Klient, jakby jego słowa miały stanowić odpowiedź – i musiałem mieć pewność, że do mnie trafi. – Obrócił się, podszedł do biurka i podniósł duży cylindryczny pojemnik. – Jednak nagroda w całości trafi do zwycięzcy. – Wpisał kod i wieko pojemnika rozkwitło niczym płatki metalowego kwiatu, ujawniając sztabki beskaru.

Mandalorianin podszedł bliżej i sięgnął po jedną ze sztabek, by zważyć ją w dłoni. Nie miał wątpliwości – beskar. Był świadom tego, że Klient bacznie go obserwuje.

– Całkiem spora nagroda za tak malutki pakunek – powiedział starzec.

Po swojej prawej Mando usłyszał płacz. Spojrzał w kierunku źródła dźwięku. Doktor Pershing popychał gondolkę, by usunąć ją z pomieszczenia. Łowca zauważył jeszcze, że Dziecko odwróciło się w jego stronę. Nie wiedziało, co się dzieje. Na jego twarzyczce malowały się strach i dezorientacja. Imperialny przeszedł przez kolejne drzwi i Mando tyle widział Dziecko.

Drzwi zatrzasnęły się.

Łowca wbił wzrok w Klienta.

– Co zamierzasz z nim zrobić?

Starzec uniósł brew, jakby pytanie łowcy go rozbawiło.

– Pytanie nietypowe jak na osobę o twojej reputacji. Przyjąłeś zlecenie i odebrałeś zapłatę. Czyż Kodeks Gildii nie wymaga, abyś zapomniał o całej sprawie?

Mandalorianin milczał. Wiedział, że za plecami starca zza drzwi wyłonili się dwaj kolejni szturmowcy. Ich obecność miała mu zasugerować, że kurtuazyjna rozmowa dobiegła końca i najwyższa pora się zbierać.

– Otrzymałeś wystarczającą ilość kruszcu, by doczekać się przyzwoitej zbroi – ciągnął Klient. – Niestety, obecne czasy są tak trudne, że łatwiej o beskar niż o porządnego Mandalorianina.

Mando wpatrywał się przez dłuższą chwilę w rozmówcę, w szturmowców i w sam beskar. Następnie sięgnął po pojemnik, zamknął go i podniósł. Metal okazał się wyjątkowo ciężki. Gdy odwrócił się na pięcie, by opuścić pomieszczenie, miał wrażenie, że ciągnie po posadzce metalową kotwicę.

– Takiej ilości beskaru można nadać wiele postaci – oznajmiła Zbrojmistrzyni.

Mando spojrzał na kobietę w kuźni. Siedzieli w cieniach rzucanych przez błękitne płomienie.

– Pancerz stracił integralność – powiedział. – Możliwe, że będę musiał zacząć od początku.

– Możemy zacząć od napierśnika – uznała Zbrojmistrzyni, po czym dodała:

– Ale zważ, że będzie przyciągał ciekawskie spojrzenia.

Jakby na potwierdzenie słów kobiety, zza pleców Mandalorianina dobiegły odgłosy kroków, po czym do uszu łowcy doszło pogardliwe parsknięcie. Obok przystanął rosły Mandalorianin o imieniu Paz Vizsla.

– Te sztabki zostały przetopione w imperialnej hucie – rzucił Vizsla. – Imperialni nachapali się w wielkiej czystce. To przez nich żyjemy jak te szczury pustynne.

– Życie w cieniu zapewnia nam przetrwanie – upomniała go Zbrojmistrzyni. – A przetrwanie zapewnia nam siłę.

– Dawniej nasza siła tkwiła w liczbach – odparł wojownik. – Teraz kryjemy się pod ziemią i wychodzimy na powierzchnię w pojedynkę. – Gdy mężczyzna przemawiał, w jego głosie narastał gniew. – Nasz świat został obrócony w zgliszcza przez Imperium, z którym *ten tchórz* – wskazał Mando – zasiada do jednego stołu.

Gdy rozmówca położył dłoń na ramieniu łowcy, ten odbił ją w górę, by zaatakować z nożem w ręku. Vizsla zamachnął się na niego, a jego własne ostrze spoczęło pod hełmem Mando. Obaj Mandalorianie przeszywali się wzrokiem, nieruchomi. Czekali, aż ten drugi wykona ruch.

Zbrojmistrzyni wstała.

– Imperium już nie istnieje – powiedziała. – A beskar wrócił do Plemienia. Ci, którzy przyjęli obyczaje Mandalora, stali się zarazem łowcami i zwierzyną. Czy tchórzem może być ktoś, kto obrał taką ścieżkę? – Zwróciła się w stronę Mando. – Czy kiedykolwiek zdjąłeś hełm?

– Nie – odparł.

– Czy kiedykolwiek usunął go ktoś inny?

– Nigdy.

Przytaknęła.

– Tak każe obyczaj.

Pozostali powtórzyli jej słowa, co miało podkreślić ich jedność – bo dokładnie taki przyświecał jej cel.

Mando zrobił krok do tyłu, by oddalić się od ciężkozbrojnego piechura. Poczuł, że w kuźni opadło napięcie.

– Tak każe obyczaj – rzekł.

Zbrojmistrzyni skierowała uwagę na wysłużony napierśnik i naramiennik.

– Co je tak poturbowało?

– Bagnorożec.

– Wobec tego twoim znakiem będzie bagnorożec – ogłosiła. – Wykonam go dla ciebie.

– Nie mogę go przyjąć – odparł Mando. – Starcie nie przebiegało zgodnie z obyczajem. – Zawahał się. – Pomógł mi wróg.

– Dlaczego wróg miałby pomóc ci w walce?

Łowca wrócił myślami do Dziecka wyciągającego rączkę w stronę bestii. W tamtej chwili aż drżało z wysiłku. – Nie... nie wiedział, że jest moim wrogiem.

– Ponieważ zrzekłeś się własnego znaku, z nadmiaru materiału wykonam gwiżdżące ptaki – powiedziała Zbrojmistrzyni, mając na myśli mandaloriańską broń. – Zapewniają doskonałą obronę przeciwko wrogom, ale nie szastaj nimi, bo są rzadkie.

Mandalorianin zrobił kilka kroków do tyłu, by kobieta mogła oddać się pracy. Gdy Zbrojmistrzyni obrabiała metal w kuźni, uderzenia młota i skwierczenie płynnej stali sprawiły, że z brutalną wyrazistością wróciły wspomnienia – dźwięki i doznania tak żywe, że wcale nie wydawały się wspomnieniami. Miał wrażenie, że wydarzenia rozgrywają się na nowo.

Rodzice biegli wraz z nim po otwartej przestrzeni, wystawieni na ostrzał jak na patelni, ścigani przez nadciągające droidy bojowe, a ulica wokół nich wstrząsana była eksplozjami. Mando poczuł swąd dymu, a do jego uszu dobiegły wrzaski.

Ujrzał twarze rodziców, gdy nagle zapadł się cały świat. Poczuł ucisk dłoni mamy na ramionach, ostatni uścisk, nim rodzice umieścili go w bunkrze i zamknęli za nim właz. Koniec końców rodzice zamienili się w wąską szparę światła, aż wreszcie doszło do eksplozji, która starła wszelkie ślady ich istnienia...

Mando złapał oddech. Serce waliło mu jak młot, a w gardle miał sucho jak na pustyni na Arvali-7. Znów to ujrzał – znów tego doświadczył. Nie po raz pierwszy i nie po raz ostatni.

ROZDZIAŁ 11

– PRZYJMĘ KOLEJNE zlecenie.

Mando i Greef Karga siedzieli w kantynie przy stoliku, stałym miejscu przedstawiciela Gildii. Mandalorianin miał zbroję dopiero co wykutą z beskaru, która nadal lśniła nowością, a gdy przemierzał pomieszczenie, jego hełm i wizjer odbijały światło.

Jego uwadze nie uszły też gniewne, zazdrosne spojrzenia pozostałych łowców, z których każdy oczekiwał, że nagroda Klienta trafi akurat w jego ręce. Karga z ogromną przyjemnością wzniósł toast za sukces najsłynniejszego łowcy oraz za fortunę, którą zlecenie przyniosło im obu. Stuknął o sztabkę beskaru, którą schował w przedniej kieszeni, przy sercu.

– Nawet ja zostałem krezusem. – Uśmiechnął się, ale po chwili spoważniał, gdy jego kompan nie odwzajemnił jego radości. Nie spodziewał się, że łowca będzie się chełpił zwycięstwem, ale natychmiastowa prośba Mandalorianina o kolejne zlecenie wyraźnie zbiła go z tropu.

– *Kolejne zlecenie?* – zdumiał się. – Nie możesz trochę odpocząć? Zabalować?

– Kolejne zlecenie.

Karga westchnął.

– Zgoda – odparł. – Wiem, że wy, łowcy, nie lubicie zbijać bąków.

Mandalorianin czekał. Nim rozmowa dobiegła końca, zaakceptował najbardziej intratne zlecenie, jakie Karga miał w ofercie. Tym razem celem był syn arystokraty, który nie stawił się w sądzie. Ważąc w dłoni krążek gończy, wstał od stolika i opuścił kantynę, zdeterminowany, by dotrzeć do statku i opuścić Nevarro tak szybko, jak to możliwe... jakby mógł w ten sposób zatrzeć pamięć o Dziecku.

I owszem, z początku to pomagało.

Nowa misja, nowa zbroja, doskonale znane mu rytuały. Znalezienie się na pokładzie „Brzeszczotu", odpalenie silników i wprowadzenie współrzędnych celu do komputera nawigacyjnego... Wszystko to sprawiało, że nie wracał myślami ku temu, co zostawiał za sobą.

Prawie się udało.

Ale wtedy sięgnął dłonią w stronę dźwigni.

Dźwigni, która dawniej zwieńczona była kulką. Dziecko ją odkręciło, bo była mała, jasna i okrągła. Zwróciła jego uwagę. Mandalorianin spojrzał w dół. Kulka leżała obok drążka.

Podniósł ją i przeturlał między palcami. Przypomniał sobie strach na twarzy Dziecka, gdy doktor Pershing odepchnął gondolkę. Przypomniał sobie jego bojaźliwy, płaczliwy jęk. Gdy wkręcał kulkę na miejsce, zatrzymał się, pogrążony w myślach.

Zgasił silniki, opuścił statek i zaczął zmierzać z powrotem do miasta.

– *Nie obchodzi mnie to* – uciął rozmowę Klient. Na łączu aparatu podsłuchowego dalekiego zasięgu, który Mando przyłożył do słuchawki w hełmie, pojawiły się trzaski. – *Rozkazuję, abyś pobrał niezbędny materiał i tyle.*

Mando przycupnął na dachu i przysłuchiwał się rozmowie za pomocą skanera w hełmie. Zakradł się tam, gdy opuścił alejkę, przy której znajdowała się imperialna baza. Na ulicy znalazł repulsorową gondolkę Dziecka, którą imperialni wrzucili do kontenera na odpady. Widok gondolki, którą potraktowano jak zwykły śmieć, pozbawił łowcę resztek wątpliwości, po co tu przyszedł.

Podszedł do wejścia, przyczepił detonator termiczny do drzwi i uruchomił zegar. Mógł odnieść sukces albo ponieść klęskę, ale wiedział, że nie ma wyboru.

Od tej pory nie było już odwrotu.

W kolejnych latach, gdy trubadurzy z Nevarro sławili dzień, w którym Mandalorianin sprzeniewierzył się Kodeksowi i podpisał na siebie wyrok śmierci, przedstawiali tyle wersji wydarzeń, ilu było słuchaczy.

Jednak wszystkie rozpoczynały się od eksplozji.

Szary ładunek był wystarczająco potężny, by doszczętnie zniszczyć drzwi. Po chwili Mando znalazł się wewnątrz bazy. Przedzierał się przez opary dymu i latające w powietrzu iskry, od pierwszej chwili pod ostrzałem szturmowców (niektórzy mówili, że był ich tuzin, a inni, że więcej), którzy nadbiegli, zwabieni hukiem wybuchu. Robili to, z czego słynęli – walczyli, po czym umierali – gdy Mando przebijał się tunelem wiodącym do laboratorium doktora Pershinga.

Gdy dotarł na miejsce, Pershing już pobierał jakiś materiał biologiczny od Dziecka. Mando pochwycił lekarza i cisnął nim z dużą siłą. Pershing wylądował na kolanach. Zasłonił twarz dłońmi.

– Proszę! – powiedział. – Próbuję je uratować! Gdyby nie ja, już dawno byłoby martwe!

Mando podniósł Dziecko i wziął je pod pachę. Obrócił się i wyszedł na korytarz, gotów do strzału.

Momentalnie zaroiło się od szturmowców, którzy zaczęli strzelać ze wszystkich stron. Mando zrobił unik, wycofał się, odpowiedział ogniem i skrył się w cieniu. Dobiegały go odgłosy szturmowców nadbiegających z przyległego korytarza. Porozumiewali się ze sobą, spragnieni krwi. Przez korytarz przeleciała salwa z blasterów. Jedna wiązka uderzyła w ścianę tuż obok głowy łowcy. Poczuł, jak Dziecko wzdryga się ze strachu.

Mandalorianin otworzył ogień, a następnie obrócił się i ujrzał tuż przed sobą szturmowca gotującego się do strzału. Przyłożył paralizator karabinu rozrywającego do napierśnika atakującego i posłał w jego ciało trzeszczące wyładowanie elektryczne. Wycelował w drugiego szturmowca, który zaszedł go z tyłu. Potraktował go miotaczem ognia i ten runął do tyłu z rykiem.

Jednak wrogowie nadal nadciągali. Mandalorianin dotarł do końca korytarza i skręcił w stronę, z której przybył. Zatrzymał się i wsłuchał w kroki nadciągających posiłków, by następnie rozprawić się z nimi. Gdy dotarł do biura Klienta, gdzie wcześniej przyjął zapłatę w postaci sztabek beskaru, został osaczony.

– Stój!

– Nie ruszaj się!

– Ręce do góry!

– Rzuć broń!

Łowca poczuł ciężar Dziecka. Dobiegł go cichy jęk. Zobaczył, jak malec wpatruje się w niego świecącymi oczami. Zaczął powoli opuszczać broń.

– Spokojnie – powiedział. – Mam przy sobie drogocenny ładunek. Proszę...

Uklęknął i położył karabin przed sobą na posadzce, a gdy szturmowcy się zbliżyli...

Gwiżdżące ptaki.

Malutkie pociski wystrzeliły z karwasza łowcy i poleciały w kilkunastu kierunkach spiralnymi torami, przebijając ciała szturmowców ze śmiertelną precyzją. Napastnicy padli martwi w przeciągu sekund.

Mando ominął zwłoki i skierował się przed siebie.

Na całej Nevarro, w każdej kantynie i na każdym rogu ulicy trakery łowców zaczęły pulsować czerwienią.

Mandalorianin opuścił imperialną bazę i wyszedł na ulicę. Nie musiał się rozglądać – wyczuwał, że rozpoczęła się obława. Rozpoznawał kroki konkurentów i słyszał wysokie elektroniczne sygnały, które odbijały się echem od ścian. Miał wrażenie, że zgęstniało samo powietrze, jak gdyby to ono stanowiło zaciskającą się sieć. Daleko przed sobą ujrzał Greefa Kargę. Stary znajomy oczekiwał jego nadejścia. Rozłożył szeroko dłonie w fałszywym geście przyjaźni.

– Witaj ponownie, Mando! – zawołał przedstawiciel Gildii, po czym rozwiał wszelkie wątpliwości odnośnie do swoich intencji:

– Odłóż pakunek.

Mandalorianin ani drgnął.

– Zejdź mi z drogi – powiedział, w pełni świadom skierowanego w jego stronę arsenału. Nikt się nie poruszył. Z jego prawej, z odległości może metra dochodziło go ciche buczenie prywatnego śmigacza pilotowanego przez droida typu R6, który sprawiał wrażenie przerażonego. – Udaję się na mój statek.

– Odłóż pakunek – powtórzył Karga. – Zrobisz to, co ci każę, a możliwe, że ujdziesz z życiem.

– Zabieram malca ze sobą.

– Jeśli naprawdę ci na nim zależy – odparł Karga – umieść go w śmigaczu, a przejdziemy do negocjacji.

Mando prowadził wiele takich rozmów. Wiedział, jakie pytanie powinno paść z jego ust w następnej kolejności.

– Skąd mam wiedzieć, że mogę ci zaufać?

– Ponieważ jestem twoją jedyną nadzieją – odparł Karga z przekonaniem osoby, która całkowicie wierzyła w każde wypowiadane słowo.

Greef Karga, zdaje się, naprawdę uwierzył, że zna Mando i potrafi przewidzieć jego ruchy, wybory i reakcje. Mandalorianin wbił w niego wzrok i czekał, przeciągając tę chwilę ciszy.

Następnie jednym płynnym ruchem wskoczył do śmigacza, obrócił ciało, by uchronić Dziecko, i zaczął się ostrzeliwać. Zdjął dwóch stojących najbliżej łowców, nim wylądował wewnątrz śmigacza. Niespodziewany ruch zwrócił uwagę droida pilotującego pojazd.

– Ruszaj! – nakazał Mando. Gdy z wokalizatora droida wydobył się pisk sprzeciwu, łowca skierował w jego stronę blaster. – *Ruszaj!*

Droid pisnął doniośle i śmigacz wystartował. Pędził ulicą, a Mando strzelał, trzymając Dziecko u swego boku i zdejmując łowców po obu stronach – by następnie zrobić pożytek z karabinu rozrywającego i unicestwić ostatnich kilku nieszczęśników, nim ci zdołali strzelić. Skądś dobiegał wrzask Kargi, który, jak na ironię, nakazywał łowcom, by ci nie strzelali do celu. A wyglądało to tak, jakby każdy strzelał, gdzie popadnie. Na dalekim krańcu ulicy śmigacz zderzył się ze stertą śmieci i zatrzymał, aż nim szarpnęło. Silnik wydał ostatnie tchnienie.

Mando uniósł głowę, gotów do kolejnego strzału. Zobaczył Kargę. Mężczyzna był już blisko, asekurowany przez innych łowców. Skinął głową w stronę jego karabinu ze szczerym uznaniem.

– Imponująca broń – przyznał.

Mando nie odpowiedział. Poczuł, jak Dziecko wierci się w jego rękach. Skok adrenaliny, dzięki któremu dotarł aż do tego momentu, zaczął ustępować. Nie mógł już polegać na zaskoczeniu przeciwnika. Nie miał pojęcia, jak rozegrają się kolejne minuty.

– Oto, co zamierzam – powiedział Mando. – Zamierzam wejść na pokład statku z Dzieckiem, a ty mi to umożliwisz.

– Nie – odparł Karga. – Zrobimy inaczej. My weźmiemy malca, a jeśli będziesz stawiał opór, zabijemy cię i rozłożymy twoje ciało na części. – Tym razem z głosu Kargi nie przebijały oczekiwanie, zaufanie i pewność siebie. Był gotów strzelić, podobnie jak pozostali otaczający go łowcy.

Mandalorianin znalazł się w potrzasku, śpiewali trubadurzy z Nevarro, *i nie miał żadnej drogi ucieczki. Wszystko, o co walczył, za co był gotów zapłacić życiem, miało dobiec kresu tu i teraz. Miał ponieść konsekwencję brawurowego zrywu, lekkomyślnego grzechu...*

Kolejny strzał nadciągnął z nieba.

Mando uniósł głowę, zaskoczony na równi z pozostałymi uczestnikami walki. Nad dachami budynków unosili się mocno opancerzeni wojownicy. Łowca szeroko otworzył oczy, gdy uświadomił sobie, kto przyszedł mu z odsieczą.

Jego pobratymcy. Mandalorianie. Latali nad hałastrą dzięki sile plecaków odrzutowych. Strzelali do łowców, którzy rozpierzchli się we wszystkie strony. Gdy zeszli niżej, Mando rozpoznał Paza Vizslę, mandaloriańskiego wojownika, który wyzwał go na pojedynek na noże w kuźni Zbrojmistrzyni. Vizsla wraz kilkoma innymi Mandalorianami zatroszczyli się o wsparcie ogniowe z powietrza, skutecznie odpierając łowców i zapewniając mu drogę ucieczki.

– Dalej! – zawołał Vizsla, a jego głos uniósł się ponad hukiem strzałów. – My się nimi zajmiemy!

– Będziecie musieli przenieść kryjówkę – zauważył łowca.

Wojownik odparł bez wahania.

– Tak każe obyczaj.

– Tak każe obyczaj – powtórzył Mando.

Przytulił do siebie malutkie, skulone ze strachu Dziecko, odwrócił się w kierunku statku i zaczął biec.

– Stój, Mando! – zawołał Karga.

Mandalorianin był już w połowie rampy „Brzeszczotu". Obrócił się i ujrzał przedstawiciela Gildii. Mężczyzna miał zmarszczone czoło. Celował do niego z blastera.

– Żałuję, że do tego doszło – powiedział Karga – ale sprzeniewierzyłeś się Kodeksowi!

Mando wpatrywał się w niego bez słowa. Zdumiewające było to, że mężczyzna stojący po drugiej stronie rampy wydawał się obrażony, jakby odebrał czyny Mando jako osobisty afront. Czy to możliwe, że po tym wszystkim, co się wydarzyło – po tym jak groził mu śmiercią i rozebraniem na części – Greef Karga nadal, na swój sposób, uważał Mando za przyjaciela?

Nie spuszczając wzroku z Kargi, Mando poruszył ręką i wystrzelił kotwiczkę w panel kontrolny, uwalniając chmurę gazu pod ciśnieniem, która momentalnie wypełniła przestrzeń między nim a napastnikiem. Twarz Kargi wykrzywiła się w grymasie niezadowolenia. Mężczyzna zmrużył oczy. Nerwowo kierował blaster w różne strony, usiłując wypatrzyć łowcę.

Mando strzelił pierwszy.

Mando odkręcił metalową kulkę wieńczącą drążek dopiero wtedy, gdy usadowili się w kokpicie „Brzeszczotu", wznieśli się w powietrze i znaleźli na skraju atmosfery Nevarro. Oddał ją Dziecku i patrzył, jak malec przygląda się jej z zainteresowaniem, gruchając pod nosem.

Mando spojrzał w twarzyczkę Dziecka, które wpatrywało się w niego wielkimi oczyma. Nie pozostało im nic innego, jak znaleźć porządną kryjówkę na jednej z wielu zaściankowych planet, by przeczekać, aż sprawa przycichnie.

Takich spokojnych miejsc z pewnością było zatrzęsienie.

ROZDZIAŁ 12

MIESZKAŃCY OSADY przebywali na łowisku, gdy zaatakowali najeźdźcy.

Omera i pozostali od rana pracowali na płyciznach za pomocą sieci. Szykował się sowity połów błękitnego krylu. Tak samo czynili ich rodzice i dziadkowie, gdy po raz pierwszy tchnęli życie w te wody. Wśród osadników poruszały się droidy, które transportowały torby wypełnione żyjątkami. *Wyjątkowo udany połów*, pomyślała Omera. *Mieszkańcy wioski nie będą głodować.*

Uniosła wzrok i rozejrzała się po zielono-niebieskim krajobrazie i pobliskiej linii drzew. Na łowisku gościły i dzieci. Biegały, uganiały się za piłką, śmiały się i grały w rozmaite gry. Jej własna córka, Winta, też gdzieś się tu kręciła. Omera wiedziała, że z czasem Winta dołączy do pracujących. Doczeka się własnej sieci i własnego wiklinowego kosza. Wtedy zauważyła, jak jej córka biegnie za żabą w strumieniu, i uśmiechnęła się.

Niech tak szybko nie dorasta, pomyślała. *Niech jeszcze pobędzie dzieckiem. A z czasem może...*

Zrzedła jej mina.

Usłyszała, jak nadchodzą.

Oddech zamarł jej w piersi. Jej uszu dobiegł dźwięk przypominający grzmot, którego doniosłe echo posłało w powietrze całe stada zaniepokojonych ptaków. Po chwili cały las jakby zionął ogniem – przerażające czerwone wiązki energii z blasterów nadleciały z koron drzew i wbiły się w otwartą przestrzeń, rozrywając ziemię i wzniecając w powietrze smugi dymu i wodę. Osadnicy zaczęli krzyczeć z przerażenia, porzucili sieci i rozpierzchli się we wszystkie strony.

– *Mamo!* – krzyknęła Winta, przerażona do szpiku kości.

Stała w strumieniu, w którym uganiała się za żabą. Omera zaczęła biec w jej stronę. Kolejna salwa z dział uderzyła tuż obok, wzniecając w powietrze wodę i parę. Wincie zdało się, że drga cała planeta. Krzyknęła po raz drugi.

Omera chwyciła córkę i zanurzyła się z nią w łowisku, tak że obu spod wody wystawały jedynie głowy. Czuła, że pod wodą Winta trzyma się jej kurczowo, a jej ciałko drży z przerażenia. Brakowało im tchu, wytrzeszczały ze strachu oczy i nie były w stanie pisnąć choćby słowa.

Nadciągają, pomyślała Omera.

Instynktownie chwyciła za jeden z wiklinowych koszy i obróciła go do góry dnem, by zasłonić ich twarze. Gdy wyjrzały przez sploty kosza, ich oczom ukazała się banda najeźdźców, która wyłoniła się z dymu.

Klatooinianie wtargnęli do osady. Przybyli, tak jak przybywali do tej pory, z uniesioną bronią, wrzaskami, gotowi grabić to, co nie należało do nich. Z kryjówki w wodzie Omera obserwowała, jak bandyci wdzierają się między domy. Chwytali sieci, worki i kosze. Kradli zbiory i rozkoszowali się aktami destrukcji. Omara patrzyła, jak jeden z najeźdźców godzi włócznią droida, przebijając jego werbomózg.

Wreszcie najeźdźcy przegrupowali się i opuścili wioskę z łupami, pozostawiając za sobą płomienie i zgliszcza. Omera tuliła córkę, ale nie mogła zrobić choćby najmniejszego ruchu.

Zastanawiała się, czy kiedykolwiek jeszcze poczują się bezpiecznie.

„Brzeszczot" odbywał lot w przestrzeni.

Mandalorianin siedział w kokpicie i dumał nad kolejnym celem podróży. Obok siedziało Dziecko, zafascynowane bogactwem różnokolorowych kontrolek. Wyciągnęło dłoń i wcisnęło jeden z zielonych przycisków na konsolecie nawigacyjnej. *Klik!* Dźwięk silników uległ nieznacznej zmianie. Dziecko zagruchało, zadowolone z efektu, i wcisnęło kolejny przycisk – tym razem czerwony. *Klik!*

– Przestań – skarcił je Mando.

Dziecko spojrzało na niego szeroko otwartymi oczyma. Przez chwilę było nieruchome, ale potem, niespiesznie, ani przez chwilę nie odwracając wzroku od łowcy, pochyliło się nad konsoletą i wcisnęło kolejny przycisk. *Klik!* Zaczęło nimi rzucać. Kanonierka na chwilę zboczyła z kursu.

Mando uniósł Dziecko i usadowił je z dala od kontrolek.

– Spójrzmy – powiedział, sprawdzając mapy nawigacyjne. – Sorgan. Wygląda na to, że nie ma kosmoportu ani centrów przemysłowych i jest słabo zaludniony. Zaścianek zaścianka. Co oznacza, że na nasze potrzeby jest idealny. – Spojrzał na Dziecko. – Chcesz się ukryć na jakiś czas, pobyczyć się, co, młody? Nikt nas tu nie znajdzie.

Spoczywające w jego ramionach Dziecko zamrugało i rozejrzało się po kokpicie, bardziej zainteresowane czerwonymi i zielonymi światełkami.

Carasynthia Dune już dawno się nauczyła, by siadać plecami do ściany. Tak było najbezpieczniej.

Siedziała przy stoliku, tym co zawsze, gdy w gospodzie zjawił się Mandalorianin, który zajął jedno z wolnych miejsc. Nie podróżował sam. Człapała za nim mała, przypominająca dziecko istotka o zielonej skórze, długich uszach i dużych oczach. Cara obserwowała, jak łowca unosi kompana i usadawia go na krześle, a sam siada naprzeciwko, po czym zamawia bulion na kościach.

Co tu porabiasz? zachodziła w głowę.

Czujność była jej drugą naturą. Przez lata doprowadziła umiejętność przetrwania do perfekcji, igrając z niebezpieczeństwami i z samą śmiercią. W trakcie wojny walczyła po stronie Sojuszu Rebeliantów jako żołnierz oddziału uderzeniowego. Trafiała wszędzie tam, gdzie wiele się działo; tam, gdzie nikt by nie posłał zwyczajnych piechurów. Często prowadziła walkę sama, bez wsparcia. Nauczyła się ufać instynktom – to one utrzymywały ją przy życiu.

A w tamtej chwili podpowiadały jej, że najwyższa pora się zbierać.

Wstała, wymknęła się na zewnątrz i błyskawicznie skręciła za róg w alejkę między budynkami, po czym skryła się w cieniu i nasłuchiwała.

Po chwili podążył za nią Mandalorianin. Cara usłyszała, jak nadchodzi, i zaczekała, aż się zbliży, by zaatakować. Skoczyła, by złapać się wiszącego nad jej głową pręta. Zamachnęła się nogami, by kopnąć mężczyznę w tors. Nim pozbierał się po ciosie, wylądowała i kopnęła go w twarz, a potem znów w tors, tak że walnął plecami o ścianę. Mandalorianin rzucił się przed siebie, zamachnął się i uderzył ją w żebra, po czym wyprowadził cios w twarz. Cara złapała go za gardło pod hełmem i powaliła ze stęknięciem na ziemię.

Łowca nagród uruchomił miotacz ognia. Cara wzbiła się w powietrze i uderzyła go obiema nogami najmocniej, jak potrafiła. Obróciła się, dobyła blastera i oboje wylądowali na ziemi. Mierzyli do siebie z broni, z trudem łapiąc powietrze.

Z boku dobiegało ciche siorbanie. Cara spojrzała w kierunku dźwięku i ujrzała dziecko, z którym Mandalorianin pojawił się w gospodzie. Wpatrywało się w nich z błogim zadowoleniem, pijąc bulion z miski.

– Masz ochotę na zupę? – zapytał Mandalorianin.

Wrócili do gospody, zasiedli przy stole i Cara podzieliła się swoją historią.

– W większości sprzątałam po Endorze – powiedziała. – Głównie dawni imperialni, watażkowie. Szybko i po cichu. Wysyłali nas desantowcami. A gdy skończyli się imperialni, zaczęła się polityka. – Pokręciła głową. – Nie po to się zaciągnęłam.

– Jak wylądowałaś na Sorganie? – zapytał łowca.

– Powiedzmy, że przeszłam na wczesną emeryturę. – Napiła się zupy i spojrzała na Mandalorianina. – Słuchaj, domyśliłam się, że jesteś z Gildii. Po prostu uznałam, że masz na mnie zlecenie. Właśnie dlatego byłam tak zawzięta.

– Domyśliłem się – odparł Mando.

Kobieta wstała od stołu.

– Dziękuję za poczęstunek, ale jeśli nie masz ochoty na powtórkę z rozrywki, jedno z nas będzie musiało się zbierać, a ja byłam tu pierwsza.

Gdy się oddalała, Mandalorianin spojrzał na Dziecko. Zrobiło zdziwioną minę.

– Wygląda na to, że ta planeta jest zajęta – stwierdził. – Wyruszymy z samego rana.

Tamtej nocy w lesie, gdy szykował „Brzeszczot" do porannego startu, usłyszał, jak zakradają się dwie osoby. Jeśli miały wrogie zamiary, szło im fatalnie. Po chwili spomiędzy drzew wyłonili się dwaj mężczyźni, jeden młody, a drugi nieco starszy. Wydawali się niepewni.

– Przepraszam – powiedział nerwowo jeden z mężczyzn. – Przepraszam, psze pana?

Mando odwrócił się.

– Czy mogę wam w czymś pomóc?

Zawahali się, po czym znów odezwał się ten pierwszy.

– Najeźdźcy, psze pana.

– Mamy pieniądze – dodał ten drugi.

Łowca przyglądał się im przez dłuższą chwilę. W spojrzeniach mężczyzn przeplatały się nadzieja i desperacja.

– Więc sądzicie, że jestem jakimś najemnikiem?

– Jesteś Mandalorianinem, prawda? A przynajmniej nosisz mandaloriańską zbroję. – Młodszy z mężczyzn nie potrafił ukryć fascynacji. – Wiele czytałem o twoich pobratymcach... o twoim plemieniu... a jeśli choć połowa opowieści jest prawdziwa...

– Mamy pieniądze – powtórzył ten drugi, unosząc sakwę.

– Ile? – zapytał Mando.

– Wszystko, co mamy. – Mężczyzna głośno przełknął ślinę, aż naprężyły mu się mięśnie gardła. – Zabrali nam cały połów.

– Kryl – dodał jego kompan. – Jesteśmy hodowcami krylu.

– Wyrabiamy spoczkę. Zrzuciła się cała osada.

Mandalorianin spojrzał na niewielką sakwę kredytów w drżącej dłoni mężczyzny.

– Za mało – skwitował i odwrócił się.

– Jesteś pewien? Nawet nie zapytałeś o cel!

– Jestem pewien – odparł. – Powodzenia. – Nim mężczyźni mogli odpowiedzieć, wcisnął przycisk wysuwający rampę „Brzeszczotu". Procesowi towarzyszyła emisja pary. Mężczyźni oddalali się, narzekając pod nosem.

– Podróż trwała cały dzień – powiedział młodszy. – Teraz będziemy musieli wracać w ciemnościach, wystawieni na atak, na całkowite odludzie...

Mando uniósł głowę.

– Gdzie mieszkacie?

– Na farmie – odparł, spoglądając przez ramię, mężczyzna trzymający sakwę. – Nie słuchałeś? Jesteśmy farmerami.

Mandalorianin zastanowił się raz jeszcze nad marzeniem o bezpiecznej przystani, o miejscu, gdzie wraz z Dzieckiem mieliby zapewnione bezpieczeństwo, gdzie mogliby wylizać rany i rozważyć dalsze kroki. Możliwe, że takim miejscem mogła okazać się ta planeta, przynajmniej na krótką metę.

– Na całkowitym odludziu?

Starszy mężczyzna przytaknął.

– Tak.

– A znajdzie się tam dla nas miejsce?

– No pewnie – odparł młodszy. – Ma się rozumieć.

– Dobrze – zgodził się Mando. – Chodźcie, pomożecie.

Mężczyźni spojrzeli po sobie ze zdziwieniem. Nie byli pewni, dlaczego nagle im się poszczęściło, ale tym chętniej zabrali się do pracy. Gdy pomagali załadować platformę repulsorową, by zabrać się z nią do wioski, łowca nagród doszedł do wniosku, że nie będzie musiał działać w pojedynkę.

– Jeszcze jedno – powiedział i wyciągnął przed siebie dłoń. – Dajcie mi te kredyty.

Starszy mężczyzna spojrzał na niego ze zdziwieniem.

– To jednak wystarczą?

Mando umieścił ostatni bagaż na platformie.

– Zobaczymy.

Gdy ponownie spotkał Carę Dune, siedziała przy ognisku z szeroko otwartymi oczyma, gotowa do strzału. Mando rzucił sakwę z kredytami u jej stóp.

– Gotowa na drugą rundę? – zapytał.

Cara Dune skrzywiła się, ale opuściła blaster. Kredyty zrobiły swoje. Była skłonna wysłuchać tego, co miał jej do powiedzenia. Mandalorianin zreferował to, co powiedzieli mu dwaj mieszkańcy osady. Z przekazanych przez nich informacji wynikało, że przyda mu się wsparcie kogoś, kto umie posługiwać się blasterem.

– To mówisz, że mamy przepędzić bandę najeźdźców w zamian za jakieś zaskórniaki? – zapytała Cara, gdy skończył relację.

– Zapewnią nam kwatery z dala od cywilizacji – powiedział Mando. – Osoba w twojej sytuacji powinna to docenić. W najgorszym wypadku będziesz mogła skalibrować blaster, ale może się okazać, że wystarczy sama obecność. – Odwrócił się, by rozejrzeć się po lesie. – Nie wyobrażam sobie, by w tej okolicy mieszkało coś, z czym nie poradziłby sobie były żołnierz oddziału uderzeniowego.

Cara nie odpowiedziała. Spoglądała w płomienie. Mandalorianin dał jej chwilę, by mogła podjąć decyzję, choć przeczuwał, co odpowie.

ROZDZIAŁ 13

NASTĘPNEGO DNIA o świcie ich śmigacz wyłonił się spomiędzy drzew. Dotarli do osady. Wieść o ich przybyciu najwidoczniej już dotarła do jej mieszkańców, bo na powitanie wybiegła im grupka dzieci. Mando i Cara patrzyli, jak podbiegają, śmiejąc się i machając dłońmi. Od razu zainteresowały się Dzieckiem, które spoglądało na nie z zaciekawieniem, unosząc ręce i radośnie gruchając.

– Wygląda na to, że cieszą się na nasz widok – skwitował Mando.

Twarz Cary nie zdradzała emocji.

– Na to wygląda.

Łowca opuścił śmigacz i zaczął wyładowywać zapasy. Z tego, co zdążył się zorientować, sama osada stanowiła skupisko chat, obór i stodół o krytych strzechą dachach. Otoczona była szeregiem niewielkich łowisk, na których rozstawiono sieci. To tam osadnicy łapali kryl. Spokojna społeczność rolników, w której nikt nie stanowił większego zagrożenia.

Mandalorianin zabrał sprzęt do stodoły, w której przygotowano dla niego nocleg. Stojąca wewnątrz kobieta otwierała okno, by wpuścić do pomieszczenia światło. Miała ciemne włosy i ciepłe, miłe oczy. Uśmiechnęła się.

– Zapraszam – powiedziała. – Jestem Omera. Mam nadzieję, że będzie ci tu wygodnie. Przepraszam, że możemy cię ugościć jedynie w tej stodole.

– Nie szkodzi – odparł Mandalorianin i odłożył bagaż.

– Przygotowałam dla ciebie kilka koców.

– Dziękuję. To bardzo miłe... – Kątem oka wychwycił jakiś ruch i instynktownie się obrócił, kładąc dłoń na blasterze. W drzwiach zobaczył dziewczynkę, która kuliła się ze strachu przed progiem. Opuścił broń, ale w oczach dziewczynki pozostał strach, gdy stanęła u boku matki.

– To moja córka Winta – powiedziała Omera. – Nie miewamy zbyt wielu gości. Nie jest przyzwyczajona do obecności obcych. – Zmierzwiła włosy dziewczynki, by dodać jej odwagi. – Ten miły pan uchroni nas przed złem.

Dziewczynka spojrzała na łowcę.

– Dziękuję.

– Chodź, Winto – rzekła Omera. – Niech goście sobie odpoczną.

Kobieta wraz z córką wróciły później, gdy Mandalorianin czyścił karabin. Tym razem Omera przyniosła na tacy jedzenie. Winta spoglądała na Dziecko, które spoczywało w zaimprowizowanej naprędce kolebce obok posłania Mando i mrugało szeroko otwartymi oczyma z nieskrywanym zainteresowaniem.

– Mogę go nakarmić? – zapytała Winta.

– Pewnie.

Dziewczynka klęknęła.

– Jesteś głodny? – zapytała. Zachichotała, gdy Dziecko wzięło od niej kawałek przysmaku. Spojrzała na Mando. – Mogę się z nim pobawić?

Westchnął.

– Pewnie. – Wyciągnął Dziecko z kolebki i postawił na drewnianej podłodze.

– Chodź! – zawołała Winta i wybiegła z pomieszczenia, a zadowolone Dziecko podreptało za nową koleżanką, gaworząc pod nosem.

– Nie sądzę, by... – zaczął Mando.

– Nic im się nie stanie.

– Ale...

– Nic im się nie stanie. – Omera znów posłała mu uśmiech. Poczuł, że niepotrzebnie się niepokoi. – Przyniosłam ci coś do jedzenia – powiedziała. – Zauważyłam, że nie jadłeś z pozostałymi. Zostawię ci tacę i wyjdę.

– Dziękuję za troskę – odparł. – To bardzo miłe.

Obrócił się, by wrócić do czyszczenia broni, jednak kobieta nadal stała w drzwiach.

– Mogę cię o coś zapytać?

Przytaknął.

– Proszę.

– Od jak dawna nie zdejmowałeś hełmu?

– Hełmu? – Zamilknął. – Wczoraj go zdejmowałem.

– A w obecności innych osób?

Mando sięgnął wzrokiem ku bawiącym się dzieciom. Malec z zadowoleniem dreptał obok starszych pociech, wydając radosne pomruki.

– Byłem niewiele starszy od nich – odparł.

– Nie pokazywałeś twarzy, odkąd byłeś dzieckiem?

– Nie – przyznał. – Byłem zadowolony, że mnie przygarnęli. Gdy zginęli moi rodzice, Mandalorianie się mną zaopiekowali.

– Przykro mi – powiedziała łagodnym głosem.

Spojrzał na nią.

– Tak każe obyczaj.

Omera spoglądała na niego przez dłuższą chwilę.

– Daj znać, gdy będziesz czegoś potrzebował.

– Dziękuję – odparł, po czym odprowadził ją wzrokiem z pomieszczenia. Gdy został sam, usiadł przy stole do posiłku. Przez okno widział bawiące się dzieci. Śmiały się i biegały w kółku. Wydawały się szczęśliwe, wolne od trosk, pełne życia. Wśród nich znajdowało się roześmiane Dziecko, które całkowicie zatraciło się w zabawie.

Mando sięgnął dłońmi do hełmu, zdjął go i zaczął się posilać.

Tamtego wieczoru Mando i Cara obeszli okolice osady. Noc idealnie nadawała się na rekonesans. Był spokojny zmierzch. Ciszy nie zakłócały żadne dźwięki prócz łagodnego cykania owadów. Łowca sięgnął dłonią ku wizjerowi, by uruchomić noktowizor. Ujrzał szereg odcisków stóp prowadzących do lasu.

– Było ich około piętnastu, może dwudziestu. Przyszli pieszo. – Wskazał dłonią na pobliskie drzewa. – A te gałęzie oderwało coś dużego. – Pokonali kolejny odcinek drogi i zatrzymali się. Nie wypowiedzieli ani słowa, gdy kucali przy ogromnym odcisku w miękkim piachu.

– AT-ST – wreszcie odezwała się Cara.

– Imperialna maszyna krocząca. – Mando nadal przyglądał się śladowi. – Ale co ona tutaj robi?

– Nie wiem – odparła. Wstali. – Ale na to się nie pisałam.

Zgodził się. Ze słów osadników wynikało, że będą mieli do czynienia z typową hałastrą, jakich wiele. Nic bardziej mylnego. Od upadku Imperium co i rusz słyszało się o skradzionym uzbrojeniu, skradzionych zapasach militarnych i skradzionej broni, którymi handlowano na czarnych rynkach w całej galaktyce. Za wystarczającą liczbę kredytów można było kupić wszystko, czego dusza zapragnie.

– Widzę tylko jedno wyjście z sytuacji – powiedziała Cara – ale z pewnością im się nie spodoba.

– Złe wieści – skwitował Mando. – Musicie się stąd wynosić.

Wśród osadników zebranych przed szopą rozległy się pomruki zdziwienia i niedowierzania. Na twarzach stojących z przodu Omery i Winty malowały się niepewność i troska.

Cara spojrzała na Mandalorianina i uniosła brew.

– Subtelność godna dyplomaty.

– Może ty spróbujesz?

– Gorzej już być nie może. – Zrobiła krok i rozłożyła dłonie w geście sympatii. – Słuchajcie, wiem, że spodziewaliście się czegoś innego – powiedziała – ale nie macie wyboru.

– Przyjęliście zlecenie – ktoś zaprotestował.

Mando rozpoznał w mówiącym jednego z mężczyzn, z którymi rozmawiał przy kanonierce.

– Wtedy jeszcze nie wiedzieliśmy o AT-ST – odparła Cara.

Ostatnie zdanie równie dobrze mogła wypowiedzieć w obcym języku. Zgromadzeni nie mieli pojęcia, o czym mówi.

– Że jak? – ktoś spytał.

– Opancerzona maszyna krocząca z dwoma działami, o której wiedzieliście i nie omieszkaliście wspomnieć – odparła Cara. Była w błędzie, jeśli sądziła, że jej słowa przemówią do rozsądku osadnikom. Teraz już wszyscy błagali, by zostali i pomogli. Mandalorianin poczuł na sobie wzrok Omery. U boku kobiety stała córka.

– Nie mamy dokąd pójść – stwierdziła kobieta.

– Jasne, że macie – odparła Cara. – To duża planeta. Balowałam na znacznie mniejszych.

Zgromadzeni nie dali się przekonać.

– Moi dziadkowie założyli te łowiska – powiedział jeden z hodowców krylu. – Dorobienie się tego, co mamy obecnie, zajęło nam całe pokolenia.

– Rozumiem – odrzekła Cara. – Naprawdę. Ale jest nas tylko dwoje.

– Nieprawda. Jest nas co najmniej dwadzieścia osób!

– Miałam na myśli *wojowników* – poprawiła Cara. – Bądźmy szczerzy. – Spoważniała. – Widziałam na własne oczy, jak taka machina zdejmuje całe kompanie żołnierzy w przeciągu kilku minut.

Przez chwilę osadnicy szeptali między sobą. Wśród zgiełku Mandalorianina dobiegł głos Omery – może nie najgłośniejszy, ale wystarczająco doniosły, by inni zwrócili uwagę.

– Nie opuścimy osady – zadecydowała.

Cara przeszyła ją wzrokiem.

– Nie będziecie w stanie stawić czoła maszynie kroczącej.

Łowca bacznie obserwował młodą kobietę, która powitała go w osadzie, zapewniła mu wikt i opierunek. Miała niewzruszony wyraz twarzy. Wyraz twarzy osoby, która potrafiła przetrwać, która nie poddawała się strachowi, nie zamierzała ustępować pola bez względu na cenę.

Mando zwrócił się w stronę Cary.

– Chyba że ich nauczymy – powiedział.

ROZDZIAŁ 14

MANDO I CARA stanęli na skraju przesieki i zreferowali osadnikom plan działania.

– Cele są dwa – zaczął łowca. – Bandyci i maszyna krocząca. My zajmiemy się AT-ST, ale musicie nas osłaniać, gdy wrogowie wyłonią się z lasu.

Zebrani słuchali w skupieniu. Skoro Mando i Cara zgodzili się im pomóc, byli gotowi zrobić wszystko, co w ich mocy, byle obronić osadę – no, przynajmniej większość z nich. Wśród stojących na uboczu Mando rozpoznał twarze Stoke'a i Cabena, dwu mężczyzn, którzy zaoferowali mu sakwę kredytów w zamian za podjęcie walki. Wyglądali na wielce nieprzekonanych do tego, że mogliby stawić komuś opór.

– Jak mamy poradzić sobie z imperialną maszyną kroczącą? – zapytał Caben.

– Dobre pytanie – odparła Cara i zrobiła krok do przodu. – Nie ma na tej planecie niczego, co zdołałoby uszkodzić nogi maszyny. Dlatego zbudujemy pułapkę. – Wskazała dłonią mokradła za jej plecami, gdzie grunt ustępował szeregowi stawów. – Wkopiemy się tu na dużą głębokość. A gdy maszyna postawi niefortunny krok, padnie na ziemię.

– Musicie ściąć drzewa, by zbudować barykady wzdłuż skarpy – dodał Mando. – Wystarczająco wysokie, by wrogowie nie zdołali przedrzeć się górą, i wystarczająco silne, by ich nie zniszczyli. – Spojrzał po twarzach zebranych i zdobył się na to, by zadać najważniejsze pytanie.

– No dobrze, to kto z was umie strzelać?

Cisza. Nikt się nie poruszył.

I wtedy Omera uniosła dłoń.

Nie zgłosiła się na wyrost. Gdy ćwiczyli strzelanie do celu, reszta grupy z różnym skutkiem rozprawiała się z rondlami i patelniami podwieszonymi pod gałęzią, a Omera jako jedyna obchodziła się z bronią pewnie i precyzyjnie, za każdym razem trafiając do celu.

W pewnej odległości z drugą grupą pracowała Cara Dune. Uczyła osadników podstawowych ciosów bronią kontaktową, czyli w tym przypadku naostrzonymi włóczniami i dzidami. Przynajmniej zgromadzeni zdawali się zdeterminowani, a to zawsze coś. Ostatecznie z nadejściem nocy będą potrzebować każdej przewagi. Niewykluczone, że koniec końców ze starcia zwycięsko wyjdą ci, którzy odznaczą się większym hartem ducha.

Z nadejściem zmierzchu Omera odnalazła Mando w szopie. Czynił ostatnie przygotowania.

– Wkrótce wyruszamy – rzekł. – Gdy wrócimy, zrobi się gorąco.

Przytaknęła.

– Będziemy gotowi.

Mando spojrzał na kobietę, ale nic nie powiedział.

– Zbierajmy się – rzuciła Cara zza drzwi. Obrócił się, by wyjść.

W lesie było prawie całkiem ciemno. Bezksiężycowe nocne niebo zapewniało idealną osłonę dla ich poczynań. Mando i Cara zmierzali przed siebie. Warstwa suchych liści i igieł tłumiła ich kroki. Stopniowo zaczęły dochodzić ich bliżej niesprecyzowane jęki i głosy dwu najeźdźców, którzy siedzieli przy ognisku na granicy obozowiska bandytów.

Klatooinianie.

Klatooinianie byli humanoidami o zielonkawobrązowej skórze, wyraźnych łukach brwiowych i wystających żuchwach, które nadawały im groźny wygląd. Dwaj najeźdźcy posilali się i pili przy ognisku – no, głównie pili, sądząc po brzęku kufli z niebieską spoczką i coraz mniej składnych wypowiedziach. Po ostatnich podbojach Klatooinianie rozbestwili się i stali się zbyt pewni siebie, a w efekcie opuścili gardę.

Mando i Cara weszli w krąg światła. Strażnicy unieśli głowy, kompletnie zbici z tropu. Jeden upuścił kufel i zaczął się podnosić, ale nie stanął na nogi, bo dostał łomot od Cary. Zgiął się wpół, a na koniec zarobił pięścią w głowę. Mando zdjął drugiego i po chwili oboje ruszyli dalej w głąb obozowiska, chyląc głowy.

Na wprost znajdowała się główna baza, placówka złożona z namiotów, z których przebijało się jakieś błękitne światło. Mandalorianin spojrzał na Carę, która przytaknęła. Znaleźli kryjówkę najeźdźców.

Unieśli klapę w namiocie i weszli do środka.

Namiot wydawał się opuszczony. Wszędzie stały duże okrągłe kadzie wypełnione niebieską spoczką, która rzucała faliste cienie po materiale, nadając wnętrzu osobliwego, niesamowitego charakteru. Mando uruchomił detonator termiczny. Gdy pojawiły się migoczące czerwone cyfry, przytwierdził go do jednej ze ścian. Z zewnątrz dobiegały ich głosy, rozmowy i śmiech. W okolicy pojawili się kolejni najeźdźcy. Nagle głosy zamilkły.

Mando spojrzał na Carę, by upewnić się, że była żołnierz orientuje się w sytuacji. Klapy namiotu uniosły się.

Do środka wparowali bandyci, wrzeszcząc wniebogłosy. Mando i Cara zdjęli ich kopniakami i uderzeniami pięści. Jeden nieszczęśnik skończył z głową w kadzi z bulgoczącą spoczką. Jednak gdy pojawiły się posiłki, ktoś otworzył ogień i Mando zrozumiał, że zostali osaczeni. Wydostanie się z obozu będzie trudniejsze, niż się spodziewał. Przez ten czas zegar detonatora zaczął pikać znacznie szybciej: *pip-pip-pip-pip*.

Łowca obrócił się, dobył blastera i otworzył ogień, ostrzeliwując przeciwległą ścianę, aż zniszczył ją na tyle, by mogła się przez nią przebić Cara.

– Dalej, będę cię osłaniał! – zawołał.

Po chwili podążył za nią przez dziurę w ścianie. W ostatniej chwili, bo bimbrownia za jego plecami zamieniła się w kulę ognia. Eksplozja cisnęła nimi o ziemię, a od ognia zajęła się cała baza.

Cara usiadła, plując ziemią. Spojrzała na łowcę.

– Mam nadzieję, że plan się powiódł – powiedziała.

I wtedy ujrzeli parę czerwonych oczu unoszącą się wśród drzew z doniosłym mechanicznym zgrzytem, która wreszcie zatrzymała się wysoko nad ich głowami.

Niewiele zapamiętali z biegu do osady. Pędząc przez las, Mandalorianin miał świadomość, że maszyna krocząca depcze im po piętach. Słyszał i odczuwał drżenie jej stóp. Działa laserowe potwora wzniecały w powietrze ziemię, tworząc głębokie leje. Łowca wiedział, że gdzieś tam, na wprost, znajduje się okop, a za nim – barykada. Umocnienie oświetlone pomarańczowymi płomieniami dziesiątków pochodni.

Przebiegli wraz z Carą po wąskiej rampie, którą osadnicy wznieśli nad rowem. Wśród migoczących świateł pochodni oczekiwali ich osadnicy dzierżący blastery i naprędce przygotowaną broń. Wszyscy jak jeden mąż wbili wzrok w las.

– *Nadciąga!* – ktoś szepnął i w jednej chwili wszystkim w okopie podskoczyła adrenalina.

Zaczęły padać drzewa. Wszędzie latały odłamki gałęzi. Wreszcie z gąszczu wyłoniły się czerwone ślepia AT-ST, po czym potwór ukazał się zgromadzonym w całej okazałości. Na otwartej przestrzeni sprawiał wrażenie jeszcze większego, gdy człapał na zagiętych tyczkowatych nogach.

No, dalej, pomyślał Mando. *Podejdź bliżej*. Ocenił odległość dzielącą maszynę od okopu – dwadzieścia metrów. Czuł, jak od tego oczekiwania sztywnieje mu ciało. Maszyna zrobiła kolejny krok, i kolejny...

Piętnaście metrów... Dziesięć... Pięć...

Zatrzymała się.

Łowca zaklął pod nosem. To samo zrobiła czekająca obok Cara.

Co ona wyprawia?

Maszyna krocząca uruchomiła jasny reflektor. Jego wiązka przeczesywała teren przed jej stopami, rzucając długie cienie przez mieniącą się połać chat i stawów. Przebiegła wzdłuż barykady, a następnie łypnęła za barykadę, oświetlając twarze zgromadzonych.

– Padnijcie! – syknął Mando. – Padnijcie!

Wtem maszyna wznowiła ostrzał. Huk dział był ogłuszający. Cara spojrzała przez ramię na twarze osadników.

– Nie ruszać się! – krzyknęła. – Utrzymać pozycje!

I właśnie wtedy łowca usłyszał dźwięk dobiegający spośród drzew – okrzyk bitewny. Po chwili banda Klatooinian wyskoczyła na otwartą przestrzeń, wrzeszcząc i zagrzewając do walki. Napastnicy rozbiegli się, kierując się w stronę barykady i potrząsając bronią.

– Ognia! – zawołała Cara.

Pole bitwy rozświetliło się salwami z blasterów. Osadnicy wstali i otworzyli ogień w stronę szarżujących najeźdźców. Mandalorianin wycelował w kabinę maszyny kroczącej, jednak wiązki odbiły się od wzmocnionego pancerza jednostki, nie wyrządzając jej żadnych szkód. Maszyna nie ruszyła się z miejsca na skraju okopu – bo nie musiała. Bliźniacze działa laserowe siały zniszczenie i z tej odległości, dewastując osadę. Sytuacja robiła się coraz gorsza. Z miejsca, w którym przycupnął, Mando słyszał wrzaski. Osoby, którym przysiągł pomóc, znalazły się w potrzasku, zaatakowane przez przeważające siły wroga, a biorąc pod uwagę obecność maszyny kroczącej, już wkrótce będzie po wszystkim.

Spojrzał na Carę.

– Musimy sprawić, by maszyna ruszyła!

– Myślę – powiedziała. – Podaj mi karabin impulsowy!

– Osłonię cię. – Podał jej broń. Cara wyskoczyła zza barykady i popędziła ku okopowi, ściągając na siebie ogień maszyny kroczącej. Po chwili wskoczyła do okopu i zniknęła łowcy z oczu.

Dalej, Caro, pomyślał. *Dasz radę.*

Maszyna krocząca zrobiła kolejny krok. Podeszła na tyle blisko, że czubki jej stóp wystawały ponad krawędź okopu. Jednak znów przystanęła i posłała salwę w stronę Cary. Komandoska ostrzeliwała się z ambiańskiego blastera fazowo-impulsowego, ale Mando już wiedział, że długo tak nie wytrwa.

– No dalej, kupo złomu, połknij przynętę – mruknął pod nosem. Zza pleców dobiegł go głos Omery.

– Teraz albo nigdy! – zawołała.

Pozostali osadnicy nie potrzebowali innej zachęty. Opuścili kryjówki i rzucili się do walki z bandytami, tak jak ich wyszkolono. Walczyli wręcz za pomocą kijów i włóczni, wkładając w to całą wolę walki. Gdy Mandalorianin zerwał się, by do nich dołączyć, uświadomił sobie, że mają szansę. Gdyby tylko udało im się unieszkodliwić maszynę kroczącą... Nadal pozostawało to wielką niewiadomą.

Cara stanęła w okopie, przyłożyła karabin do ramienia i oddała pojedynczy strzał w prawe ślepię AT-ST. Trafiła! Maszyna cofnęła się, gdy jej czerwone oko eksplodowało fontanną iskier, jednak po chwili zrobiła krok do przodu. Jej stopa stanęła tuż na krawędzi okopu, którego ściana zaczęła się sypać pod ogromnym ciężarem maszyny.

I tyle wystarczyło. Mando obserwował, jak nogi maszyny kroczącej wyginają się na boki i załamują, a kabina uderza o ziemię z ogłuszającym hukiem. Wyciągnął detonator termiczny, uruchomił go i zaczął biec w kierunku powalonej maszyny, aż znalazł się wystarczająco blisko, by cisnąć nim do wnętrza kabiny.

Eksplozja posłała go do okopu. Gdy wraz z Carą odzyskali pion, rozejrzeli się, by się przekonać, co pozostało z maszyny. Z okazałego potwora została sterta mechanicznych części buchających płomieniami.

Pozostali na placu boju najeźdźcy zareagowali niemal natychmiast. Wyeliminowanie AT-ST z walki przeważyło szalę bitwy na korzyść obrońców. Mandalorianin obserwował, jak atakujący zaczęli się wycofywać do lasu. Ku własnemu przerażeniu, Klatooinianie bardzo szybko stracili przewagę. Przez plac boju przeszedł wiwat. Osadnicy unosili włócznie na znak zwycięstwa.

Zasłużyliście, pomyślał, po czym spojrzał na Carę.

– Wszystko przebiegło zgodnie z planem?

Zaśmiała się, nadal łapiąc oddech.

– Mniej więcej.

ROZDZIAŁ 15

MANDALORIANIN DAWNO JUŻ nie odpoczywał tak dobrze jak przez kolejne dni. Gdy opadł bitewny kurz, osadnicy szybko powrócili do normalności. Łowca przyzwyczaił się do pryczy w szopie. Omara robiła, co mogła, by czuli się jak u siebie, a Dziecko całymi godzinami bawiło się z Wintą i pozostałymi dziećmi, grając w przeróżne gry i uganiając się za żabami.

Kolejne dni mijały i zlewały się w jeden. Któregoś popołudnia Mando i Cara Dune rozmawiali przed szopą. Chwilę wcześniej byli świadkami, jak Dziecko łapie żabę i wkłada ją do ust, tak że spomiędzy jego warg wystają jedynie ruchome kończyny. Pozostałe dzieci jęknęły z obrzydzenia i zachwytu, po czym Dziecko wypluło żabę i pozwoliło, by czmychnęła paroma susami. Po chwili do dorosłych dołączyła Omera, by wspólnie doglądać dzieci.

– Jest tu bardzo szczęśliwy – zauważyła.

Mando przytaknął.

– Jest.

– Zadomowił się. – Uśmiechnęła się i zaczęła zmierzać w stronę łowiska. Cara spojrzała na łowcę.

– Co by się stało, gdybyś to zdjął? – zapytała. – Wytropią cię i zamordują?

– Nie – odparł.

Była członkini oddziału uderzeniowego popatrzyła na niego ze zdziwieniem.

– Mógłbyś zdjąć hełm, zamieszkać z tą piękną młodą wdową i wychować dzieciaka, odpoczywając i popijając spoczkę.

Mandalorianin milczał przez dłuższą chwilę.

– Wiesz – przerwał ciszę – parę tygodni temu daliśmy im popalić. Jak na zaściankową osadę zrobiło się bardzo gorąco. A wieści szybko się rozchodzą. – Spojrzał w jej stronę. – Możliwe, że na nas już pora.

Trzymając w dłoni kubek, Cara wskazała na grupę dzieci zgromadzonych wokół Dziecka.

– Cieszę się, że to nie ja będę musiała przekazać mu złe wieści – stwierdziła.

– On tu zostaje – odparł Mando. – Rozbijanie się ze mną po galaktyce? Dla malca to żadne życie. Zrobiłem swoje. Jest bezpieczny. Dostał szansę na lepsze życie.

– Złamiesz mu serduszko – powiedziała Cara, po czym napiła się z kubka.

– Pogodzi się z tym – odparł. – Jak my wszyscy.

Nim Cara zdążyła odpowiedzieć, Mando wstał i opuścił ganek. Udał się ku łowisku, przy którym Omera klęczała z koszem, by złowić kryl.

– Przepraszam – zagaił. – Możemy zamienić słowo?

– Oczywiście. – Wstała, by porozmawiać z nim na osobności. Gdy Mando przystanął, uświadomił sobie, że nie wie, jak zacząć.

– Bardzo tu miło.

– Tak – potwierdziła Omera.

– To oczywiste, że dzieciak... jest tu szczęśliwy.

Uśmiechnęła się.

– A ty?

– Ja?

– Jesteś szczęśliwy? – Gdy nie odpowiedział od razu, zaczerpnęła powietrza. – Chcielibyśmy, abyś z nami został. Wszyscy jesteśmy ci wdzięczni. Mógłbyś przechować zbroję, na wypadek gdyby zagroziło nam jakieś niebezpieczeństwo. – Próbowała dostrzec jego oczy za wizjerem hełmu. Jej własne mieniły się w popołudniowym świetle. – Ty i twój malec moglibyście wieść tu dobre życie. Nie musiałby tu szybko dorastać. – Łagodny ton jej głosu harmonizował z ogólnym poczuciem spokoju, które przenikało to miejsce i tych ludzi. Wynikało z wolności, której się tu doczekali. – Czyż nie byłoby miło?

– Byłoby – przyznał.

Dłonie Omery spoczęły na jego hełmie. Nie zareagował od razu. Dopiero po kilku sekundach delikatnie ujął ją za nadgarstki i zdjął jej dłonie z hełmu.

– Ja... ja tu nie pasuję – powiedział, po czym spojrzał na Dziecko. – Ale on już tak.

Omera przełknęła ślinę i przytaknęła.

– Rozumiem – odparła. – Będę się nim opiekować jak rodzonym dzieckiem.

– Dziękuję. – Zrobił krok w tył. – Powinienem już iść.

Zamierzał się pożegnać, gdy dobiegł go dźwięk wystrzału z blastera. Stada spłoszonych ptaków wzleciały w powietrze. Rozległ się pisk dzieci, a Mando błyskawicznie poderwał się do działania.

– Zajmij się dziećmi! – zawołał do Omery, po czym dobył blastera. Spojrzał w dół, by przekonać się, że nic nie grozi Dziecku, i pobiegł w stronę lasu, skąd dobiegł strzał.

Przedzierał się między drzewami, po czym wspiął się na wzniesienie. Dotarł do przesieki i ujrzał sylwetkę istoty stojącej na otwartym wzgórzu. W dłoniach miała blaster.

Ujrzał Carę Dune.

Zakapturzone i okryte peleryną ciało, które legło u jej stóp, nadal dymiło od strzału z blastera. Obok leżał karabin snajperski. Mando schylił się i obrócił ciało skrytobójcy. Jego oczom ukazały się ochronna maska z goglami i długi ryjek należące do przedstawiciela rasy Kubazów. Ujrzał pulsujący traker, który nadal powiadamiał o bliskości celu. Cara spojrzała na niego badawczo.

– Kogo tropił? – zapytała.

– Dziecko.

Westchnęła.

– Wiedzą, że tu jest.

– Niestety.

– Więc po nim pojawią się następni.

Odpowiedź narzucała się sama.

– Tak – odparł Mandalorianin. Miażdżył butem traker o skaliste podłoże, aż zgasła czerwona dioda.

Pożegnał się przy barce repulsorowej, którą załadował wszystkim, co zamierzał zabrać ze sobą na pokład „Brzeszczotu". Cara dołączyła do Omery, Winty i pozostałych osadników, którzy zebrali się, gdy skończył przygotowania do odlotu.

Cara wyszła przed szereg.

– Do następnego razu – powiedziała i wyciągnęła dłoń w stronę łowcy. Mando przyjął uścisk.

– Do następnego razu.

Spojrzał na Wintę, która przytulała Dziecko ze łzami w oczach.

– Będę za tobą bardzo tęskniła – powiedziała dziewczynka. Dziecko odwzajemniło gest, wesoło gruchając. Gdy Mando uniósł wzrok, ujrzał przed sobą Omerę.

– Dziękuję – rzekła. Przez chwilę zdawało się, że powie coś więcej, ale koniec końców łowca jedynie przytaknął, po czym udał się po Dziecko.

Chwilę później odjechali.

ROZDZIAŁ 16

– ODDAJ DZIECKO, Mando, a możliwe, że ujdziesz z życiem. – Głos rozległ się wśród trzasków przez komunikator „Brzeszczotu".

Mandalorianin uświadomił sobie, że ma statek napastnika na ogonie. Natręt strzelał z na tyle bliskiej odległości, że uderzenie wprawiło kanonierkę w drgania. W kolejnej sekundzie jeden ze strzałów trafił w silnik na prawej burcie. Kanonierka nagle odbiła w bok, a przestraszone Dziecko płaczliwie wrzasnęło. Zawyły alarmy i rozświetliły się kontrolki na konsolecie, gdy system diagnostyczny „Brzeszczotu" zaraportował poważne uszkodzenia.

– Trzymaj się – przestrzegł Dziecko łowca. Uruchomił działa i pikował, by zrobić unik. Napastnik zmniejszał dzielącą ich odległość. Szykował się do zadania ostatecznego ciosu. W uszach Mandalorianina ponownie zabrzmiał głos pilota. Mężczyzna był zarozumiały, zbyt pewny siebie.

– Mogę cię dostarczyć żywego lub martwego.

Mando pozwolił napastnikowi się zbliżyć, po czym dał całą wstecz i skręcił pod ostrym kątem, schodząc z drogi statkowi, który przeleciał tuż obok, na tyle blisko, by odbić się od lewej burty „Brzeszczotu". W przeciągu niespełna sekundy Mandalorianin miał drugiego pilota na celowniku.

– To mój tekst – rzekł, po czym odpowiedział ogniem.

Z głośnika dobiegł go nagły, urywany krzyk. Statek natręta eksplodował, rozdarty na milion malutkich kawałków, które już znikały z oczu łowcy na tle czarnego kosmosu.

Mandalorianin rozsiadł się wygodnie w fotelu i spojrzał na Dziecko. Patrzyło na niego szeroko otwartymi ze zdumienia oczyma i – nie dało się ukryć – z wielką radością.

– To nie zabawa – skarcił go Mando. Alarmy „Brzeszczotu" nadal wyły. Łowca uświadomił sobie, że przeciwnik wyrządził znacznie większe szkody, niż mu się wydawało. Niektóre systemy transportowca już odmawiały współpracy, no i statek tracił paliwo. Czekało go twarde lądowanie.

Zdusił silniki, usłyszał, jak gasną z dławiącym dźwiękiem, po czym uruchomił je ponownie. Udało mu się skłonić główne silniki, by powróciły do świata żywych... chociaż i tak nie brzmiały najlepiej.

Zbliżali się do czerwonawobrązowej powierzchni planety. Mando uruchomił komunikator. Od razu przebiła się wiadomość.

– Tu wieża Mos Eisley – zakomunikował głos. – Śledzimy twoje podejście. Skieruj się na hangar trzy-pięć, odbiór.

– Przyjąłem – potwierdził Mandalorianin. – Trzy-pięć.

Gdy podchodził do lądowania, lewy silnik już dogorywał, buchając złowieszczo czarnym dymem. Naprawy będą musiały sporo kosztować. Wysunął podwozie i postawił „Brzeszczot" na płycie lądowiska. Zamknął Dziecko w bezpiecznej części transportowca i otworzył burtę ładowni, by zejść po rampie.

Na tablicy nad hangarem widniała nazwa planety:

TATOOINE

Gdy przystanął na skraju rampy, jego uwagę przykuły elektroniczne piski i świergoty. Trzy rdzawe pit droidy kierowały się w jego stronę, ochoczo podskakując na tyczkowatych nóżkach. Trzymały skrzynki z narzędziami. Łowca odniósł wrażenie, że zamierzają rozłożyć kanonierkę na części.

Dobył blastera i oddał strzał ostrzegawczy. Trzech mechaników pisnęło i dosłownie skuliło się w sobie.

– *Hej!* – ktoś krzyknął. Mando skierował wzrok w stronę, z której dobiegł głos, i ujrzał kobietę o kręconych brązowych włosach. Miała na sobie jednoczęściowy kombinezon roboczy, a wokół talii pas z narzędziami. – Zepsujesz, odkupujesz.

– Niech trzymają się z dala od statku – ostrzegł łowca.

– Poważnie? Sam wpadłeś na taki świetny pomysł? – Kobieta zmierzyła go wzrokiem. – Przyjrzyjmy się temu twojemu statkowi. – Podeszła do „Brzeszczotu" i stuknęła pięścią o dolną część kadłuba. Mandalorianin ujrzał, jak fragment obluzowanego metalu spada na podłogę z brzękiem. – Ech! Patrzcie tylko – powiedziała. – Ale zwęglone. Można by pomyśleć, że brałeś udział w walce.

Mando nie opowiedział. Nie spytawszy o zgodę, kobieta wyjęła ręczne urządzenie diagnostyczne, by ocenić szkody.

– Nazywam się Peli Motto – oznajmiła. – Miło, że zapytałeś. A to moje królestwo. Nie znajdziesz lepszego mechanika na całej Tatooine. – Schyliła się, by przyjrzeć się z bliska dolnej części silnika. – No, to trzeba będzie przykręcić. Wycieka ci paliwo. Spójrz tylko, jakiś koszmar. Jak w ogóle zdołałeś wylądować? – Nie czekając na odpowiedź, obróciła się w stronę Mando i przeszła do konkretów:

– Będzie cię to sporo kosztować.

– Mam pięćset imperialnych kredytów – powiedział.

Niewielka sakwa nie zrobiła na Motto dużego wrażenia.

– To wszystko? – spytała. – Pomyślmy... – Spojrzała na droidy techniczne. – Co wy na to?

Droidy zaświergotały, łypiąc nieufnie na łowcę i trzymając dystans.

– No, przynajmniej wystarczy, by uregulować opłatę postojową – powiedziała Motto.

– Zdobędę pieniądze.

– Taa... – mruknęła. – Już to słyszałam.

– Pamiętaj tylko... – zaczął.

– Wiem, wiem. Żadnych droidów. Nie jestem głucha. Nie musisz się powtarzać.

Łowca przytaknął i opuścił hangar.

Ulice Mos Eisley w większości były opuszczone, jakby całe życie na planecie zamarło dawno temu. Niskie, jednopiętrowe budowle koloru piaskowca stały jedna naprzeciwko drugiej w ciszy, z rzadka przerywanej odgłosami miasta.

Mando skręcił za rogiem i podążył ulicą. Uniósł wzrok i zobaczył szereg nabitych na pale hełmów szturmowców, ponury posąg, wiadomość, że Imperium już nie sprawuje władzy nad planetą... i być może przestroga skierowana w stronę tych, którzy chcieliby, by było inaczej. Dalej napotkał ślady ostatnich walk, jakie zaszły w mieście – poniszczony sprzęt, który wyglądał, jakby znajdował się pod ostrym ostrzałem. W tej okolicy było tłoczniej, co nie powinno dziwić, bo pobliskie drzwi prowadziły do kantyny.

Mandalorianin zanurzył się w mrok.

Kantyna okazała się niemal opustoszała. Para droidów-kelnerów sporządzała drinki za barem. Przy stołach przy ścianie siedziała garstka gości – pilotów i tułaczy wszelkiej maści – którzy rozmawiali ze sobą półszeptem. Na scenie nie było ani śladu po muzykach. Kantyna, podobnie jak prowadząca doń ulica, sprawiała wrażenie miejsca, które najlepsze lata miało już za sobą, w zgoła innej epoce; łatwo było sobie wyobrazić, że dawniej rozbrzmiewała dźwiękami skocznej muzyki, a goście załatwiali tu interesy, snuli intrygi, składali obietnice i nawzajem sobie grozili. Dawne dzieje.

– Droidzie – zagaił Mando, podchodząc do baru. – Jestem łowcą. Szukam pracy.

Droid nie spojrzał znad wycieranego kufla.

– Obawiam się, że Gildia Łowców Nagród już nie ma przedstawiciela na Tatooine.

– Nie szukam zleceń z Gildii.

– Obawiam się, że to tylko pogarsza sytuację – odparł droid – a przynajmniej tak wynika z moich obliczeń.

– I tu się mylisz, blaszaku! – skwitował mężczyzna siedzący przy jednym ze stolików za plecami Mando.

Łowca obrócił się, by przyjrzeć się młodemu mężczyźnie skrytemu w cieniu. Siedział z nogami na stole, roztaczając wokół aurę człowieka niezwykle pewnego siebie.

– Szukasz zleceń? Usiądź, przyjacielu. – Nie czekał na odpowiedź. – Nazywam się Toro. Toro Calican. – Wskazał puste krzesło naprzeciwko. – Dalej, wyluzuj.

Mandalorianin ledwie zajął miejsce, gdy Calican zamaszystym gestem położył na stole krążek gończy i uruchomił holo.

– Zgarnąłem to zlecenie, nim opuściłem Środkowe Rubieże – powiedział młodzieniec. Wyraźnie był z siebie dumny. – Fennec Shand, zabójczyni. Słyszałem, że ucieka przed prawem, odkąd Nowa Republika wsadziła jej mocodawców.

Mando spojrzał w twarz kobiecie o chłodnej, odległej aurze i oczach snajpera – ciemnych i pozbawionych miłosierdzia, nawet na hologramie.

– Słyszałem o niej – powiedział.

– Traker przywiódł mnie aż tutaj – odparł beztrosko Calican. Uniósł urządzenie, by pokazać łowcy migającą czerwoną diodę. – Teraz dane wskazują na to, że zabójczyni zmierza za Morze Wydm. Nic prostszego.

Mando wstał od stołu.

– Cóż, powodzenia.

Zaskoczony Calican zamarł na dłuższą chwilę.

– Ej, czekaj, czekaj. Myślałem, że chcesz zarobić?

– Od kiedy pracujesz dla Gildii?

– Wystarczająco długo.

– Wolne żarty. – Mando skinął w stronę krążka gończego. – Fennec Shand jest elitarną najemniczką. Reputację zawdzięcza temu, że zabijała w imieniu wszystkich pierwszoligowych organizacji przestępczych. W tym dla Huttów. – Spojrzał młodzieńcowi w oczy. – Jeśli za nią podążysz, nie dożyjesz świtu.

Zaczął odchodzić od stolika, myślami biegnąc już ku następnemu zleceniu. Mos Eisley było sennym miastem, które nie miało wielu zalet, ale odpowiednio zmotywowana osoba wszędzie znajdzie dla siebie szansę. W końcu musiał zapłacić za naprawę statku, by wyruszyć w dalszą drogę tak szybko, jak to możliwe.

– Zaczekaj – burknął Calican.

Mando obrócił się i zorientował, że młody łowca nagród skończył z udawaniem. Pod warstwą arogancji i zadziorności krył się brak doświadczenia.

– To moje pierwsze zlecenie – przyznał młodzieniec. – Możesz zatrzymać pieniądze. W całości. Po prostu... Potrzebuję tego zlecenia, by przyjęli mnie do Gildii. – Pokręcił głową. – Sam sobie nie poradzę.

Mandalorianin milczał przez dłuższą chwilę.

– Hangar trzy-pięć. Za pół godziny – powiedział wreszcie, a nieopierzony łowca wyraźnie odczuł ulgę. – Przygotuj dwa skutery repulsorowe. I daj mi traker.

Calican wyciągnął dłoń, jakby miał przekazać urządzenie łowcy, ale zamiast tego zamachnął się i roztrzaskał je o ścianę.

– Spokojna głowa – zapewnił. – Wszystko zapamiętałem. – Uśmiechnął się jeszcze szerzej. – Wygląda na to, partnerze, że jesteśmy na siebie skazani!

– Pół godziny. – Nim młody mógł odpowiedzieć, Mando obrócił się i odszedł od stołu.

ROZDZIAŁ 17

PO OPUSZCZENIU KANTYNY Mando wrócił do hangaru, udał się na pokład „Brzeszczotu" i zajrzał do pomieszczenia, w którym ukrył Dziecko.

Jednak po Dziecku nie było ani śladu.

Obrócił się i zbiegł rampą na płytę lądowiska.

– Hej!

Peli Motto podskoczyła w miejscu w biurze i uniosła głowę.

– Słyszę! Słyszę! – zawołała.

– Gdzie on się podział?

– Cicho! – Wyszła z biura. Tuliła Dziecko w ramionach. Posłała łowcy piorunujące spojrzenie. – Zbudziłeś go! Wiesz, ile czasu go usypiałam?

– Daj mi go.

Zamiast tego Motto przytuliła Dziecko jeszcze mocniej i wbiła wzrok w Mando.

– Nie tak szybko! Nie możesz go zostawiać samego. – Na jej twarzy pojawił się grymas niezadowolenia podszyty matczyną troską. – Wiesz, musisz się jeszcze sporo nauczyć o wychowywaniu takiego malucha.

Mandalorianin spojrzał na malca, który przestał płakać i wpatrywał się obecnie w Motto, radośnie gaworząc w jej ramionach.

– W każdym razie – ciągnęła Motto – zaczęłam pracować nad wyciekiem paliwa. Napotkałam na kilka problemów, o których chciałam z tobą porozmawiać. – Kobieta z wprawą przełożyła Dziecko na lewe przedramię i sięgnęła dłonią do naściennego panelu serwisowego. Otworzyła go i wklepała kod diagnostyczny. Dziecko obserwowało jej poczynania z żywym zainteresowaniem. – Zgodnie z prośbą nie wyręczałam się droidami, więc zajęło mi to znacznie więcej czasu, niż zakładałam – spojrzała na łowcę z wahaniem – ale założyłam, że pokryjesz koszty, skoro dbasz nie tylko o siebie, ale i o malca.

Wzrok Mando znów powędrował ku Dziecku, które gruchało i gaworzyło pod nosem. Zdawało się wyczuwać, że niezależnie od finansowych motywacji Motto, może czuć się bezpiecznie w jej obecności.

– Dziękuję – powiedział.

Jego szczerość zbiła Motto z tropu, ale tylko na chwilę.

– No cóż, miałam rację – rzekła. – Znalazłeś pracę, prawda? – Nie musiał odpowiadać, ale podążyła za nim na zewnątrz, nie przerywając. – Wiesz, samo zasilenie droidów sporo kosztuje!

Mandalorianin zatrzymał się. Na wprost stał Toro Calican z dwoma skuterami repulsorowymi, które unosiły się swobodnie nad płytą lądowiska ponad własnymi cieniami. Młody łowca stał ze skrzyżowanymi rękoma i lekko przekrzywioną głową, oparty o jeden ze skuterów. Przyjął wystudiowaną pozę, którą bez wątpienia ćwiczył setki razy przed lustrem.

Wskazał gestem na skutery.

– No i co, Mando, ujdą?

Łowca przyjrzał się skuterom. Niewiele sobie po nich obiecywał. W najlepszym razie były z drugiej ręki, złożone z części zamiennych, ale do Morza Wydm dociągną.

– No a czego się spodziewałeś? – rzucił Calican, przechodząc do defensywy. – To nie Korelia – powiedział, odnosząc się do planety znanej z pierwszorzędnej produkcji statków i pojazdów. Odwrócił się, by skinąć w stronę Motto, która nadal stała na płycie z Dzieckiem. – Psze pani.

Peli Motto nie odpowiedziała. Spojrzała na niego podejrzliwie. Tacy jak on często przewijali się przez kosmoport. Uszu Mando dobiegł jedynie komentarz Dziecka, rozbawiony chichot. Miało się wrażenie, że w oczach malca wszystko łącznie z przerysowaną manierą Toro Calicana było jedynie częścią przedstawienia odgrywanego ku jego osobistej uciesze.

Mando wsiadł na skuter. Calican już uruchomił silnik i z warkotem popędził ulicą ku pustyni. Po chwili zrównał się z nim łowca z nadzieją, że nie popełnia błędu.

Tak czy inaczej, miał się o tym wkrótce przekonać.

ROZDZIAŁ 18

PUSTYNIA CIĄGNĘŁA SIĘ BEZ KOŃCA.

Dla archeologów Morze Wydm skrywało liczne tajemnice. Wieść niosła, że dawniej, przed wiekami, znajdowało się tu morze z prawdziwego zdarzenia, nim bliźniacze słońca Tatooine go nie wysuszyły i nie pozostawiły w obecnej postaci: setek kilometrów rozgrzanego piachu rozciągającego się we wszystkich kierunkach. Pustynne wydmy upstrzone były szkieletami dawno wymarłych istot. Możliwe, że pod nimi spoczywały ruiny jeszcze starszych cywilizacji, które popadły w zapomnienie przed wiekami.

Mandalorianin dał pełną moc, kuląc się przed wiatrem. Skuter repulsorowy sprawiał się lepiej, niż zakładał. Silnik działał najwydajniej przy dużych prędkościach, jakby ciesząc się możliwością jazdy na tak otwartej przestrzeni.

Gdzieś przed nimi znajdował się ich cel: Fennec Shand.

Reputacja zabójczyni była w pełni zasłużona. W oczach tych, których było stać na jej usługi – przywódców organizacji przestępczych, skorumpowanych polityków i Huttów – była posłańcem śmierci, duchem z karabinem snajperskim. Gdy ktoś ją ujrzał, było już za późno.

Mando wiedział, że gdyby ponieśli klęskę i jej nie schwytali, wraz z Calicanem nie wrócą żywi z obławy. Już Shand się o to zatroszczy.

Stopniowo zwalniał, by wreszcie przystanąć. Dzieciak zatrzymał się tuż obok i zsunął z oczu gogle. Spojrzał w jego stronę.

– Co się dzieje?

Mando wskazał coś palcem.

– Tam, przed nami.

Calican zeskoczył ze skutera i wyjął z bagażu makrolornetkę, by przyjrzeć się parze banth, które stały w oddali bez jeźdźców.

– Tuskeni – powiedział z pogardą w głosie. – Tubylcy o nich wspominali.

– Tuskeni sami mają się za tubylców – poprawił go Mando. – Pozostałych uważają za intruzów.

Dzieciak prychnął, jakby niczego innego nie oczekiwał po niższej rasie istot.

– Jak zwał, tak zwał. Byle trzymali się na dystans.

– Tak? A może sam im to powiesz?

Calican obrócił się. Już miał rzucić jakiś głupi komentarz, gdy zauważył dwu Tuskenów, którzy stali tuż obok, dzierżąc tradycyjne gaderffii. Młodzikowi opadła szczęka. Otworzył szeroko oczy.

– Spokojnie – rzekł Mando. Odwrócił się w stronę Tuskenów i wyciągnął dłonie, by porozumieć się na migi.

– Co robisz? – zainteresował się Calican.

Mandalorianin nawet na niego nie spojrzał.

– Negocjuję.

– Co? – Nieopierzony łowca patrzył to na kompana, to na Tuskena. Sama rozmowa przebiegała w ciszy. – Co się dzieje?

– Będziemy musieli wkupić się w ich łaski, by zapewnić sobie bezpieczny przejazd przez ich ziemie – wytłumaczył Mando. Po chwili spojrzał na Calicana. – Daj mi lornetkę.

– Dlaczego?

Mando bez słowa wziął lornetkę, obrócił się i rzucił zdobycz Tuskenowi, który bez trudu ją złapał i schował.

– Hej! – zaprotestował Calican. – To nówka sztuka!

– Zgadza się. – Mando wsiadł na skuter, uruchomił silnik i ruszył w dalszą podróż, nie oglądając się za młodzikiem.

Jechali wzdłuż wysokiej wydmy, gdy nagle Mando zdusił silnik i zsiadł ze skutera, po czym nakazał to samo gestem Calicanowi.

– Padnij.

– Co? A... – Nieopierzony łowca zsiadł i dołączył do kompana.

Kucając, wyjrzeli na rozpościerającą się niżej dolinę. Grobową ciszę zakłócało ciche, ale niepozostawiające cienia wątpliwości zawodzenie zwierzęcia, które przemierzało piaski w niezbyt dużej odległości od obu łowców.

– No dobrze – przerwał ciszę Mando. – Powiedz, co widzisz.

– Dewbacka – odparł Calican, spoglądając na wyjącego jaszczura. Zwierzę za uprzężą wlokło ciało twarzą zwrócone ku ziemi. – I wygląda na to, że na dokładkę z jeźdźcem. – Spojrzał na Mandalorianina. – To ona? To nasz cel?

– Nie wiem – Mandalorianin dobył blastera – ale się przekonam. Osłaniaj mnie. Nie wstawaj.

Młody ani myślał się wykłócać. Przytaknął i dobył własnej broni. Mando zerwał się na równe nogi i zaczął zbiegać stokiem wydmy, kierując się w stronę dewbacka i wystawiając się na cel.

Gdy się przybliżył, zdało mu się, że jaszczur robi się bardziej niespokojny i próbuje się od niego oddalić. Coś go wystraszyło i szarpnął za ciało, które wlókł po ziemi, nadal zawodząc i rżąc. Mando uniósł dłoń.

– Spokojnie – powiedział i podszedł do ciała. Klęknął, by je odwrócić i przyjrzeć się mu z bliska. Nie rozpoznał twarzy zmarłego mężczyzny, jednak ten miał na tyle dużo sprzętu nawigacyjnego i surwiwalowego, broni i urządzeń do tropienia celów, że Mandalorianin błyskawicznie zorientował się, iż ma do czynienia z przedstawicielem tego samego fachu.

– To ona? – Calican zawołał zza krawędzi wydmy. – Nie żyje?

Mandalorianin nadal szperał wśród wyposażenia nieszczęśnika.

– To kolejny łowca.

– Mam nadzieję, że nie zamierzasz sobie wszystkiego przywłaszczyć – zawołał Calican. – Mogę przynajmniej wziąć blaster?

Mando znalazł traker. Zwisał z pasa denata, pulsując i pikając z dużą częstotliwością. Łowcy wyostrzyły się wszystkie zmysły i świat nagle znieruchomiał. Wyprostował się i obrócił, by spojrzeć na młodszego łowcę.

– Padnij! – krzyknął. Z oddali nadciągnęła wiązka lasera, która uderzyła z impetem w pancerz, powalając go na piach.

Zerwał się i zaczął biec ile sił w nogach ku wydmie, chyląc głowę i uderzając stopami o sypki piasek. Czuł, że znajduje się na celowniku. Jeśli to Shand wystrzeliła pierwszą wiązkę, przerwa między strzałami nie wynikała z niezdecydowania – czekała po prostu, aż będzie mogła oddać perfekcyjny strzał.

Bam! Trafiła w sam środek pleców, posyłając go za krawędź wydmy. Zaczął się turlać po przeciwległej stronie.

– Mando! – zawołał młodzieniec. W jego głosie pobrzmiewał strach, ale słyszało się i nutę podekscytowania. Był gotów wykonać ruch, ale nie wiedział, co się wokół niego dzieje.

Mando odzyskał oddech i wspiął się na szczyt wydmy, by zrównać się z kompanem. Pancerz zamortyzował strzał i uratował mu życie, ale energia uderzenia musiała gdzieś znaleźć ujście. Czuł się, jakby trafił z powrotem na Arvalę-7, gdzie poturbował i sponiewierał go bagnorożec.

– Co się stało? – zapytał Calican.

– Karabin snajperski. – Mandalorianin spojrzał ku miejscu, gdzie jeszcze przed chwilą stał. – Z takiej odległości można trafić jedynie ze zmodyfikowanego karabinu snajperskiego MK.

Dzieciak spojrzał na niego z niedowierzaniem.

– Nic ci nie jest?

– Wyliżę się – powiedział. – Z tej odległości beskar przejął energię strzału.

– Chwila – zreflektował się Calican – ja nie mam na sobie beskaru.

– Zgadza się.

– To co teraz zrobimy?

– Potrafisz powiedzieć, skąd dobiegł strzał?

– Tak. – Dzieciak wskazał kierunek dłonią. – Z tamtej grani.

– Dobrze. – W umyśle łowcy kiełkował plan. – Zaczekamy do nocy.

– A jeśli ucieknie?

– To ona ma przewagę wysokości. Zaczeka, aż zrobimy pierwszy krok. – Mando wstał i zaczął się kierować ku osłoniętej części wydmy, gdzie zaparkowali skutery repulsorowe. – Zamierzam odpocząć. Pełnisz pierwszą wartę. – Przypomniał sobie o entuzjazmie w głosie dzieciaka, który się pojawił, gdy tylko padł pierwszy strzał. Młody najpierw działał, a potem myślał. – I nie wychylaj się!

Czas się niemiłosiernie dłużył. Cienie przesuwały się po pofalowanych piaskach, gdy bliźniacze słońca Tatooine powoli znikały za horyzontem, barwiąc niebo przenikającymi się odcieniami pomarańczu, czerwieni i fioletu, by wreszcie całkowicie zniknąć z oczu. Nastała ciemność, początkowo chłodna, a potem niemal zatrważająco zimna.

Spoczywający w ciemnościach Mandalorianin otworzył oczy. Zbudził się ze snu, który nie do końca był snem. Z drugiej strony Calican był przekonany, że starszy łowca śpi. Schodząc stokiem wydmy, zachowywał się tak głośno, że Mando mógłby pomyśleć, że chciał, by usłyszała go Shand.

– Słońca już zaszły. Pora się zbierać, Mando.

Starszy łowca nie poruszył się. Zaczekał, aż dzieciak się zbliży.

– Patrzcie tylko. – Calican prychnął. Ton jego głosu zdradzał pogardę. – Staruszek zasnął na warcie. – Nieopierzony łowca parsknął, oddalił się o krok, obrócił na pięcie, dobył blastera i z uśmieszkiem na twarzy skierował go w stronę Mandalorianina, by wreszcie zakręcić nim na palcu i przyjąć bohaterską pozę.

Mandalorianin poruszył się.

– Skończyłeś?

– He? – Młodzikowi zrzedła mina. Schował blaster do kabury. – Ja tylko tak, wiesz. Chciałem cię obudzić. Zbierajmy się.

Mandalorianin wstał.

– Wsiadaj na skuter – powiedział, po czym wskazał coś dłonią. – Najprędzej jak możesz, skieruj się w stronę tamtych skał.

– To twój plan? – Calican prychnął. – Przecież od razu nas strąci ze skuterów.

Mando sięgnął do bagażu i wyjął niewielkie prostokątne urządzenie, które rzucił chłopakowi.

– Granat oślepiający – wyjaśnił. – Będziemy je aktywować na zmianę. Tymczasowo oślepi lunetę karabinu. A dzięki prędkości będziemy mieć szansę na wygraną.

– *Szansę?*

– To ty się rwałeś do tego zlecenia – przypomniał mu Mando. – Przygotuj się.

Uruchomili silniki i zaczęli zjeżdżać zboczem wydmy.

Początkowo wszystko przebiegało zgodnie z planem. Pędzili ku skałom, gdy Mando uniósł dłoń i wystrzelił granat oślepiający. Wyzwolił puls energii, który rozświetlił ciemność i rzucił osobliwe cienie na ziemię pod skuterami. W świetle rozbłysku łowca kątem oka dojrzał jadącego obok dzieciaka. Skinął w jego stronę.

– Teraz!

Calican wystrzelił granat. Nocne niebo ponownie zadrżało i zapulsowało przeszywającym białym światłem. Jechali przed siebie, nadal nabierając prędkości. Skały były coraz bliżej. Mando zdało się, że w niedużej odległości dostrzega wśród nich szykującą się do strzału sylwetkę w hełmie i z karabinem snajperskim.

Jednak kolejny granat Calicana nie rozbłysnął na niebie. Poleciał po dzikiej spirali, aż wreszcie wyładował się wśród piasków wydmy. Mando nie zareagował w porę. Dzięki niewypałowi Calicana Shand zyskała szansę – zrobiło się ciemno na wystarczająco długą chwilę, by mogła ich namierzyć i oddać czysty strzał.

Bum!

Usłyszał wiązkę z karabinu snajperskiego w tej samej chwili, w której ją poczuł. Strąciła go ze skutera i posłała w piach. Pozbawiony jeźdźca skuter jeszcze przez chwilę jechał przed siebie, aż wreszcie wyleciał z trasy gdzieś w ciemnościach.

Leżąc w piachu, Mando na tyle wykazał się trzeźwością myśli, by unieść dłoń i uruchomić kolejny granat oślepiający, nim Shand zdołała oddać śmiertelny strzał. A przynajmniej tak mu się zdawało.

Pocisk trafił go prosto w pierś i na chwilę runął w ciemną, chłodną otchłań. Po sekundzie usiadł. Kręciło mu się w głowie, ale z niewielkiej odległości dobiegały go stęknięcia, jęki, kopnięcia i uderzenia pięścią. Brzmiało to tak, jakby Calican odbierał porządny łomot.

Mando dobył blastera i podszedł do walczących. Skierował broń w stronę Shand.

– Niezła dywersja – pochwalił Calicana.

Gdy Fennec Shand uświadomiła sobie, że dała się zwieść, przerwała walkę i uniosła ręce. Calican wstał. Minęła chwila, nim złapał oddech.

– Taa – powiedział i przytaknął starszemu łowcy. – Świetnie się spisałeś, partnerze.

Mandalorianin nie spuszczał wzroku z Shand. Rzucił jej kajdanki pod stopy.

– Skuj dłonie – nakazał, a gdy posłuchała, dopiero spojrzał na Calicana. – Rozejrzyj się za swoim blasterem.

Dzieciak odszedł bez słowa. Shand uniosła wzrok, by przyjrzeć się łowcy. Napastnik wzbudził jej zainteresowanie.

– Mandalorianin – powiedziała, wypowiadając to słowo tak, jakby miała do czynienia z egzotycznym gatunkiem zwierzęcia. – Minęło sporo czasu, nim spotkałam jednego z was. – Uniosła kącik ust. – Byłeś kiedyś na Nevarro?

Nie odpowiedział.

– Słyszałam, że nie poszło tam po waszej myśli – rzuciła bez emocji – ale wygląda na to, że sam wyszedłeś z tego bez szwanku. Ani jednej rysy na tej pięknej zbroi z beskaru. Cóż – skinęła brodą w stronę śladów, jakie pozostawił jej blaster – może nie do końca.

– Nie będziesz musiała się przejmować podróżą na Nevarro ani dokądkolwiek indziej, gdy dostarczymy cię klientowi – wtrącił Calican, podchodząc bliżej. Strząsnął piach z blastera i schował broń do kabury. Spojrzał na spowitą mrokiem zabójczynię. – Wiesz, powinienem ci wręcz podziękować. Dzięki tobie dostanę się do Gildii.

– Cała przyjemność po mojej stronie – odparła z jadem w głosie Shand.

Wszyscy troje podeszli do ocalałego skutera repulsorowego i Mando usłyszał jej śmiech.

– Ojej, wygląda na to, że jedno z nas będzie musiało iść pieszo.

– Zawsze możemy cię wlec po ziemi – skwitował Mando. Rzucił Calicanowi spojrzenie o treści *idź za mną*, po czym wziął go na stronę, poza zasięg słuchu Shand.

– No dobrze – zaczął półszeptem Calican. – To co teraz?

– Musisz odnaleźć tamtego dewbacka – odparł Mando.

Młodzieniec uniósł brwi z niedowierzaniem.

– I mam cię zostawić z celem i skuterem? – Pokręcił głową. – Nie ma mowy, Mando.

Mandalorianin odwrócił się, by się rozejrzeć po widnokręgu. Rozważał dostępne opcje.

– No dobrze – stwierdził. – Wobec tego ja się tym zajmę. – Spojrzał w stronę Shand. – Uważaj na nią. Nie pozwól, by się zbliżyła do skutera. Martwa na nic nam się nie zda.

Gdy Mandalorianin się oddalił, Toro Calican usiadł na ocalałym skuterze, by zaczekać na jego powrót, podczas gdy Shand siedziała na ziemi. Noc zdawała się ciągnąć bez końca. Młody łowca początkowo sądził, że zabójczyni będzie próbowała uciec, ale po chwili zrozumiał, że czeka go to, czego obawiał się najbardziej, czyli wszechogarniająca nuda. Czar łowieckiego fachu gdzieś uleciał. Pozostało jedynie czekanie.

Czekanie i zapłata.

Gdy wreszcie zaświtało nad pustynią, Shand westchnęła i się rozciągnęła.

– Patrz, słońca już wschodzą.

Calican nie oderwał wzroku znad własnych butów.

– Milcz.

– Słuchaj, nadal jeszcze zdążę na spotkanie w Mos Espie – powiedziała. – Zabierz mnie tam, a zapłacę ci dwukrotnie więcej, niż wynosi nagroda za moją głowę.

Prychnął.

– Nie chodzi mi o pieniądze.

– To co, całą nagrodę zgarnie Mandalorianin? – spytała. – Twoim zdaniem to sprawiedliwy układ?

– Zatrudniłem Mando, ale zlecenie jest moje. – Calican spojrzał na spętaną zabójczynię. – Gdy dostarczę cię klientowi, zostanę pełnoprawnym członkiem Gildii Łowców Nagród.

Shand uniosła brwi.

– Już teraz masz coś, co dla Gildii jest o wiele cenniejsze – zauważyła. – Po prostu nie potrafisz tego dostrzec.

– Co takiego?

– Mandalorianina. Sama jego zbroja warta jest więcej niż nagroda za moją głowę. I pomyśl tylko, jak bardzo wzrosłaby twoja reputacja. – Zamilkła, by młodzik sam połączył kropki. – Pewien Mandalorianin zdziesiątkował członków Gildii na Nevarro. Zabrał ze sobą cel o dużej wartości i zaczął działać na własną rękę.

Calican nie potrafił dłużej ukrywać zainteresowania. Wskazał blasterem na pustynię.

– Ten Mandalorianin?

– Wielu ich nie ma – odparła Shand. – Sprezentuj Gildii tego, który dopuścił się zdrady, a powitają cię z otwartymi ramionami. Twoje imię będą sławić w pieśniach.

Calican zszedł ze skutera i podszedł bliżej.

– Skąd możemy być pewni, że to on?

– Wieść niesie, że cel nadal z nim podróżuje – wyjaśniła Shand. – Niektórzy mówią, że to dziecko. – Pochyliła się do przodu. – Słuchaj, jeśli boisz się stawić mu czoła sam, niepotrzebnie. Mogę ci pomóc. – Wiedziała, że słucha jej uważnie i jest o krok od podjęcia decyzji. – Chcesz zostać łowcą nagród? To posłuchaj. Rób to, co jest dla ciebie najkorzystniejsze, i staraj się przeżyć.

Calican westchnął głęboko, włożył blaster do kabury i podszedł bliżej. Shand wstała, i zbliżyła się z wyciągniętymi rękoma, by mógł zdjąć kajdanki.

Młody łowca przystanął, spojrzał na zabójczynię, dobył blastera i strzelił, trafiając ją prosto w pierś. Z ust Shand wydobył się ledwie słyszalny jęk. W pierwszej chwili bardziej z zaskoczenia niż z bólu, ale potem przyszedł i ból.

– Cenna wiedza – skwitował Calican. Zabójczyni miała wrażenie, że jego głos dobiega gdzieś z oddali. – Ale gdybym zdjął te kajdanki, byłbym trupem. – Skinął głową. – A skoro Mandalorianin jest jeszcze cenniejszy, któż by nie chciał stać się legendą? – Uśmiechnął się szelmowsko. – Dzięki za poradę.

Ostatnią rzeczą, jaką ujrzała Fennec Shand, nim straciła przytomność, były plecy młodego łowcy, który kierował się ku skuterowi, by odjechać ku horyzontowi.

Wytropienie dewbacka w ciemnościach zajęło Mando więcej czasu, niż zakładał. Mógł sobie jedynie wyobrazić, ile zajęłoby to czasu dzieciakowi. Gdy wreszcie odnalazł wielkiego jaszczura, dosiadł go i wrócił na grzbiet wydmy. Po skuterze repulsorowym nie było ani śladu.

Łowca przez chwilę siedział tak na grzbiecie dewbacka, wpatrując się w ciało Fennec Shand, nadal skute kajdankami, spoczywające bez ruchu w piachu.

Westchnął. Zawrócił dewbacka i rozpoczął długą podróż powrotną.

ROZDZIAŁ 19

GDY DOTARŁ DO MOS EISLEY i znalazł się przed hangarem, przed wejściem dostrzegł skuter młodego łowcy. Zatrzymał się, by się mu przyjrzeć.

Wyciągnął blaster i wszedł do środka. W hangarze panowała grobowa cisza. „Brzeszczot" nadal stał tam, gdzie stał. Miał opuszczoną rampę, ale na płycie nie było ani śladu po Peli Motto, pit droidach ani kimkolwiek. Wyjrzał za róg, nasłuchując kroków i oddechów.

Nic. Nagle z lewej dobiegło go pośpieszne piszczenie. Ujrzał jednego z droidów Motto, który pędził po płycie hangaru, by schronić się w biurze, gdzie chowali się pozostali dwaj mali mechanicy. Mando wyszedł na środek hangaru z blasterem gotowym do strzału.

– Już powoli traciłem cierpliwość. – Głos młodego łowcy dobiegał z otwartej burty ładowni „Brzeszczotu". Gdy Mandalorianin spojrzał w tamtą stronę, najpierw ujrzał wyłaniającą się z cienia Peli Motto. Miała przerażoną, nieruchomą twarz. Za nią ujrzał Dziecko. W jego oczach malował się strach, który zdawał się unosić w ciemności. Wreszcie z wnętrza statku wyłonił się sam Calican. Mando zrozumiał, że w jednej dłoni trzyma Dziecko, a w drugiej – blaster skierowany w plecy kobiety. Calican zszedł rampą i przystanęli we troje naprzeciwko łowcy.

– Wygląda na to, że teraz to ja dyktuję warunki, co, partnerze? – skwitował. – Rzuć broń. Ręce do góry.

Mando rzucił blaster, po czym uniósł dłonie i schował je za głowę. Dziecko wydało cichy, zaniepokojony jęk.

– Skuj go – nakazał Motto młody łowca.

Kobieta prychnęła z pogardą, ale podeszła do Mandalorianina, by założyć mu kajdanki. Młody łowca wycelował z blastera w głowę przeciwnika.

– Zdradziłeś Gildię, Mando – powiedział Calican, wskazując gestem Dziecko. – Założę się, że to on jest celem, któremu pomogłeś uciec.

Mandalorianin nie odpowiedział. Młody łowca ewidentnie ćwiczył przemówienie, chełpił się chwilą triumfu. Tak dalece się zatracił w spektaklu, że nie zauważył granatu oślepiającego w dłoni Mando. Zobaczyła go jednak Peli Motto, która stanęła za jego plecami z kajdankami. Usłyszał jej szept:

– Jesteś mądrzejszy, niż wyglądasz.

– Fennec miała rację – ciągnął Calican. – Gdy dostarczę cię Gildii, nie tylko zostanę pełnoprawnym członkiem – ściszył głos – zostanę legendą.

Wycelował z blastera prosto w twarz Mando.

Łowca odpalił granat.

W całym hangarze rozbłysło oślepiające światło. Calican krzyknął ze zdziwienia, zmrużył oczy i wycofał się rampą do wnętrza „Brzeszczotu". Szaleńczo machał bronią, czekając, aż oczy przyzwyczają się do blasku. Jednak gdy już odzyskał wzrok, po Mandalorianinie nie było ani śladu. Strzelał niemal po omacku, w nic nie trafiając.

Mando zrobił krok do przodu, uniósł blaster i pociągnął za spust. Wystarczył pojedynczy strzał. Toro Calican runął i spadł z rampy, lądując brzuchem do dołu na płycie hangaru.

Mando nadal celował do niego z blastera.

– Nie podchodź – ostrzegł Peli Motto, sam zbliżając się do ciała, jednak kobieta nie usłuchała.

– Musimy go odzyskać – rzekła, gdy Mandalorianin obracał ciało Calicana. Przez chwilę oboje stali jak wryci. Dziecko zniknęło.

– Gdzie ono jest? – spytała Motto.

Zza pleców Mando dobiegło ciche gruchanie. Łowca obejrzał się przez ramię i ujrzał długie ucho wystające zza jakiegoś sprzętu. Dziecko wyjrzało z kryjówki.

– Tu jesteś – powiedziała Motto i klęknęła przy malcu. Dziecko pisnęło radośnie i wyciągnęło dłoń. – Ukryłeś się przed nami? Co, malutki? – Wzięła go na ręce. – Już dobrze. Wiem, wiem, twoje wielkie, stare uszka nie lubią hałasów, prawda?

Gdy kołysała go w ramionach i zapewniała, że wszystko już będzie dobrze, Mandalorianin pochylił się nad ciałem Calicana. Dzieciak był ofiarą własnych pomyłek, które doprowadziły go ku tej ostatniej, ostatecznej. Był zachłanny, ale to lekkomyślność była przyczyną jego śmierci.

Mando wyjął sakwę z kredytami z kieszeni młodego łowcy, zważył ją w dłoni i podszedł do Motto, która nadal uspokajała malca.

– Uważaj na niego – powiedziała, przekazując gaworzącego niemowlaka w ręce łowcy. Następnie jej głos przyjął bardziej znajomy ton mechanika z zaścianka. – Zakładam, że nie otrzymałeś zapłaty?

Mando wyciągnął sakwę i opróżnił ją nad dłońmi kobiety, aż te nie były w stanie utrzymać wszystkich kredytów.

– Tyle starczy?

Początkowo za odpowiedź musiało wystarczyć zdumienie na twarzy Motto, bo mechanik chwilowo zapomniała języka w gębie. Gdy odzyskała rezon, zapewniła:

– Tak. Tak, starczy.

Gdy wchodził z Dzieckiem po rampie na pokład „Brzeszczotu", usłyszał za plecami głos Motto, która nadal stała nad ciałem Calicana:

– No dobra, pit droidy, zabierzcie mi to stąd!

Jeden z droidów technicznych pisnął, jakby chciał zadać pytanie.

– Nie wiem, zawleczcie je do Kanionu Żebraka!

Mando usadowił się wewnątrz kokpitu, uruchomił silniki i usłyszał, jak rozgrzewają się z doskonale znanym mu rykiem. Motto spisała się na medal – o ile to ona pracowała nad „Brzeszczotem", a nie jej droidy. W każdym razie efekty mówiły same za siebie. Już po chwili mogli wyruszyć w dalszą drogę.

ROZDZIAŁ 20

– MANDO – POWIEDZIAŁ BRODATY mężczyzna. – To ty, pod tym garnkiem?

Mandalorianin spojrzał na zniszczoną życiem, uśmiechniętą twarz mężczyzny, otoczoną bujnymi włosami. Mężczyźnie aż świeciły oczy. Wyciągnął dłoń na powitanie.

– Ran – odparł łowca i odwzajemnił gest.

– Nie sądziłem, że kiedykolwiek jeszcze zawitasz w mojej okolicy – zagaił Ranzar Malk. Uśmiech nie schodził mu z ust. Stali w hangarze Grzędy, stacji kosmicznej, na którą Mando udał się w poszukiwaniu zleceń. – Miło cię widzieć. Powiem szczerze, że nieco się zdziwiłem, gdy się odezwałeś. Powiedzmy, że... doszły mnie pewne słuchy. – Ran uniósł brew i konspiracyjnie obniżył głos. – Słyszałem, że masz na pieńku z Gildią?

– Wszystko się ułoży – powiedział bez emocji Mando.

Ran wzruszył ramionami.

– No dobrze – odparł. – Znasz zasady. Żadnych pytań. A ty... – Na twarz mężczyzny wrócił uśmiech. Przyjacielsko oparł dłoń na ramieniu łowcy. – Zawsze jesteś tu mile widziany. – Wskazał dłonią na pasaż rozciągnięty nad płytą hangaru. – Chodź. Przejdziemy się.

Mandalorianin podążył za mężczyzną. Spacerowali ponad wymagającymi naprawy myśliwcami i frachtowcami. Lutownice i rozmaite zasilane narzędzia wzniecały iskry i sprawiały, że w hangarze unosiły się chmury cuchnącego dymu. Pracownicy stacji uwijali się jak w ukropie. Na swoją kolej czekały liczne statki.

– Co to za zlecenie? – zainteresował się Mando.

– Cóż – zaczął Ran – jeden z naszych współpracowników podpadł konkurencji i został uwięziony. Szykuję ekipę, by go odbić. Robota dla pięciu osób. Mam cztery. – Obrócił się w stronę łowcy. – Potrzebny jest mi statek. Ten, którym przyleciałeś.

Zatrzymali się. Łowca powiódł wzrokiem ku „Brzeszczotowi", który spoczywał na płycie hangaru.

– Nie tak się umawialiśmy – zaprotestował.

– „Brzeszczot" to jedyny powód, dla którego w ogóle tu jesteś. – Jeśli Ran zmienił przyjazne nastawienie względem łowcy, nie dał tego po sobie poznać. – Co to za spojrzenie? Wyraz wdzięczności? – Zaśmiał się. – Oj, chyba tak.

Nadal śmiał się pod nosem, gdy obrócił się i zaczął się oddalać.

Poniżej na płycie hangaru Mandalorianin zapoznał się z pozostałymi członkami zespołu, począwszy od Mayfelda, łysego mężczyzny o wiecznie wykrzywionej twarzy, który trzymał blastery na piersi w kaburze operacyjnej na szelkach, tak by wszyscy je widzieli.

Mayfeld, niewzruszony, zmierzył łowcę wzrokiem.

– To ten koleś, o którym mi opowiadałeś?

– Dawniej udawaliśmy się na wspólne misje – odparł Ran. – Byliśmy wszyscy młodzi, chcieliśmy się wykazać, ale obecność Mandalorianina – spojrzał na łowcę – no, powiedzmy, że cieszyliśmy się pewną reputacją. – Zarechotał, wspominając stare dobre czasy. – Dawniej to dopiero było wariactwo, co, Mando?

– Te czasy już minęły – stwierdził Mando.

– Cóż, sam już nie działam w branży – ciągnął Ran – więc akcję poprowadzi Mayfeld. – Przybrał poważny ton. – Gdy coś nakaże, to tak, jakby rozkaz pochodził ode mnie. Jasne?

– Skoro tak mówisz – ironizował Mando, na co Mayfeld uniósł brwi.

Ran ponownie wybuchnął śmiechem.

– Nie zmieniłeś się nic a nic.

– Ale tu zmieniło się sporo – rzucił Mayfeld i obrócił się demonstracyjnie, by odejść wolnym krokiem.

– Mayfeld jest jednym z najlepszych strzelców, z jakimi miałem okazję pracować – ciągnął Ran. – Dawny imperialny snajper.

– Takie sobie referencje – skwitował Mando.

Mayfeld spojrzał przez ramię.

– Ej, nie byłem szturmowcem!

Ran spojrzał na dawnego przyjaciela i roześmiał się serdecznie.

– Niewiele trzeba, prawda? – skwitował. – Chodź, zapoznasz się z resztą.

Przy „Brzeszczocie" Mando znalazł się w centrum zainteresowania pozostałych członków ekipy – masywnego, zdystansowanego Devaronianina o imieniu Burg; owadookiego droida Zero; i fioletowoskórej Twi'lekanki, której głos Mando rozpoznał, jeszcze zanim ujrzał jej twarz.

– Witaj, Mando – przywitała się.

– Xi'an – wypowiedział jej imię.

– Powiedz mi, dlaczego nie miałabym ukatrupić cię tu, na miejscu? – spytała i rzuciła się w jego kierunku ze sztyletem w dłoni, po czym przyłożyła ostrze do jego brody.

Nawet nie drgnął.

– Mnie też miło, że cię widzę – odparł.

Zgromadzonym śmiech zamarł na ustach, gdy Xi'an pochyliła się ku łowcy, schyliła głowę i kliknęła językiem.

– *Tęskniłam* za tobą – szepnęła, spoglądając w jego wizjer, jakby potrafiła dostrzec w nim coś więcej niż odbicie własnych oczu – chyba że nie chciała zobaczyć niczego więcej.

Mayfeld zebrał ekipę, by omówić plan.

– Cel będzie poruszał się uzbrojonym transportowcem – powiedział, wskazując na wyświetlone przed nim blade błękitne holo. – Mamy ograniczony czas, by dostać się na pokład, odnaleźć cel i wydostać go, nim statek skoczy w nadprzestrzeń.

Mandalorianin przyjrzał się zawieszonemu w powietrzu przestrzennemu diagramowi i rozpoznał jednostkę.

– To statek więzienny Nowej Republiki – powiedział. – Cel nie został porwany przez konkurencję. Trafił do ciupy.

– Co za różnica? – spytał Mayfeld.

Ran spojrzał na Mando.

– Robota jak każda – przypomniał.

– To transportowiec więzienny o zaostrzonym rygorze – stwierdził Mando. – Nie chcę zwracać na siebie takiej uwagi.

– Jak sądzisz, dlaczego podlecicie tam „Brzeszczotem"? – spytał Ran. – Nie wygląda specjalnie, ale nie figuruje w dawnych imperialnych bazach danych ani w bazach Nowej Republiki. Jest duchem. Przybędzie i odleci niepostrzeżenie.

Temat podjął Mayfeld.

– Opuścimy nadprzestrzeń na tyle blisko jednostki, by znaleźć się w martwej strefie sensorów – wyjaśnił. – Będziemy mieli jedną szansę, by złamać zabezpieczenia.

– To niemożliwe – stwierdził Mando. – Nawet gdy mowa o „Brzeszczocie".

Ran uśmiechnął się szelmowsko i wskazał droida.

– Dlatego to on będzie pilotował. – Spodziewając się odpowiedzi Mandalorianina, uniósł dłoń. – Wiem, że jesteś dobrym pilotem, ale tym razem potrzebujemy cię nie za sterami, a z bronią w ręku. Zero może nie wygląda, ale jest najlepszy w swoim fachu.

Mando odczekał, aż Zero wraz z resztą wejdą na pokład „Brzeszczotu" i znajdzie się sam na sam z Ranem.

– Jak możesz temu ufać? – spytał.

– Znasz mnie, Mando – odparł Ran. – Nikomu nie ufam.

Łowca zaczął wchodzić po rampie, gdy zza pleców dobiegł go głos Rana.

– Jak za starych dobrych czasów, co, Mando?

Mandalorianin rozejrzał się, ale nie odpowiedział. Wcisnął przycisk wciągający rampę i zamykający burtę ładowni. Obserwował brodatą, uśmiechniętą twarz Rana, aż ta zniknęła z linii wzroku. Usłyszał dźwięk silników i zrozumiał, że droid siedzi już w kokpicie i przeprowadza czynności przedstartowe.

Niezależnie od tego, co miała przynieść przyszłość, najwyższa pora się zbierać.

ROZDZIAŁ 21

KŁOPOTY POJAWIŁY SIĘ, gdy Devaronianin spróbował siłą zdjąć hełm Mando.

Akurat skoczyli w nadprzestrzeń. Pilotował Zero, co oznaczało, że nie mieli niczego innego do roboty, jak czekać pod pokładem. Łowca przyłapał kompanów na tym, że przeszukiwali jego arsenał, a na domiar złego Mayfeld przekonał Burga, że warto sprawdzić, co skrywa pod hełmem. Gdy Devaronianin próbował wprowadzić plan w życie, Mando uderzył go mocno w twarz. Wiedział, że jeśli chciał zyskać przewagę nad osiłkiem, musiał uderzyć go z zaskoczenia tyle razy, ile to możliwe. W przeciwnym wypadku nie miałby szans – Burg po prostu by go podniósł i rozerwał na strzępy.

Do starcia nie doszło tylko dlatego, że Devaronianin padł do tyłu i uderzył w przycisk otwierający drzwi do schowka. Usłyszeli syk i ukryte wewnątrz Dziecko pisnęło z zaskoczenia.

Wszyscy zamarli.

– Wow. – Mayfeld aż wstał. Nie mógł oderwać oczu od dziecka. – Co to jest? – Spojrzał na Mando – aż mieniły mu się oczy – po czym jego wzrok znów powędrował ku dziecku. – Co to, coś w rodzaju zwierzątka?

– Taa – odparł ostrożnie Mando. – Coś takiego.

Mayfeld przytaknął, jakby wreszcie znaleźli coś, co ich łączy.

– Osobiście nigdy nie byłem wielkim fanem zwierzątek. Jasne, próbowałem, ale nie wychodziło. Ale tak sobie myślę – sięgnął po Dziecko i uniósł je – może spróbuję z tym maluszkiem. – Mówiąc, spoglądał na Mando, trzymając przed sobą Dziecko. Nagle rozluźnił ręce, jakby zamierzał je upuścić.

Mando ani drgnął. Mayfeld wyraźnie chciał go sprowokować, myśląc, że gdyby łowca zareagował, byłoby więcej do podziału dla reszty ekipy, która ponadto wróciłaby do bazy w zdobycznej kanonierce. Ran z pewnością by się ucieszył.

– Opuszczamy nadprzestrzeń – rozległ się przez interkom głos Zero. Musieli skupić się na misji.

– Rozpocznijcie przechwycenie celu – powiedział droid.

Zaliczyli twarde lądowanie – zatrzęsło tak mocno, że rzuciło nimi w bok, a potem do tyłu, gdy Zero zacumował do transportu. Mandalorianin wstał i usłyszał za plecami głos Mayfelda.

– Ruchy, misja czeka. Mando, twoja kolej.

Mandalorianin pochylił się nad spodnim lukiem „Brzeszczotu" i podłączył przewód do portu cumowniczego drugiej jednostki, który był zamknięty od środka. Czerwone światełko na konsoli krztusiło się i migotało, gdy system skanował na obecność kodu bezpieczeństwa statku więziennego, po czym go dezaktywował. Światełko na konsoli zaświeciło się na zielono i właz otworzył się z szumem.

I tyle. Dostali się do środka.

Wnętrze jednostki więziennej miało postać opustoszałej krętaniny długich białych korytarzy połączonych z celami. Rozciągały się w różnych kierunkach. Były puste – za wyjątkiem pary patrolujących droidów. Mayfeld wdusił przycisk komunikatora.

– Zero, poprowadź nas do centrum dowodzenia.

– Poziom trzeci – momentalnie odparł droid z pokładu „Brzeszczotu". – Dezaktywuję pokładowy system dozoru.

– Skupcie się – nakazał Mayfeld. – Czas nagli. Gdy sprowokujemy konfrontację z droidami, zaraz się na nas zwalą.

– Nie pierwszyzna – odparł Mandalorianin.

Łysy mężczyzna uniósł blaster i poprowadził ich korytarzem, a pozostali podążyli za nim w ciszy. Mijali kolejne cele. Osadzeni wystawiali dłonie między kratami, wpatrując się w nich i wydając odgłosy zaciekawienia.

– Nie podoba mi się to – skwitował Mando.

– Zawsze byłeś paranoikiem – podsumowała Xi'an.

Mayfeld uniósł brew.

– Prawda to, łowco? Zawsze byłeś *paranoikiem*?

Po lewej coś zawyło z wnętrza celi i uderzyło o drzwi wystarczająco mocno, by odruchowo odskoczyli – za wyjątkiem Xi'an, która jeszcze się zbliżyła i odsyknęła, co Burg skwitował rechotem.

– Zbliżacie się do centrum dowodzenia – zakomunikował droid. – Na zakręcie skręćcie w lewo.

Za rogiem wpadli na małego droida naprawczego serii MSE.

– To tylko myszeczka – powiedział Devaronianin, chowając za plecami blaster. – No chodź, myszko...

Droid zawahał się i zaczął się wycofywać, na co Burg warknął z obnażonymi zębami. Wyciągnął blaster i pociągnął za spust, rozrywając droida na kawałki.

– Co ty wyprawiasz? – powiedział Mayfeld. – Zaraz...

Ale było już za późno. Korytarz przed nimi wypełnił się czterema droidami strażniczymi, które maszerowały przed siebie, strzelając salwami z blasterów. Mando wraz z pozostałymi schronili się wzdłuż ścian. Próbowali odpowiedzieć ogniem, ale było to niemal niemożliwe bez wystawienia się na strzał. Zza pleców Mayfelda z kabury wysunął się automatyczny blaster na wysięgniku, który zaczął strzelać, ale droidy strażnicze nie ustępowały.

– Dalej, Mando! Podobno jesteś niezłe ziółko! – Mayfeld pokręcił głową z rozczarowaniem. – Wiedziałem!

Jednak Mandalorianin zaczął biec i w ostatniej chwili padł na posadzkę, by ostrzelać droidy z niska. Udało mu się powalić jednego z napastników. Zerwał się na nogi, chwycił najbliższą maszynę i uderzył jej głową o podłogę, po czym wystrzelił linkę z kotwiczką w stronę kolejnego nacierającego i pociągnął. Droid poleciał do przodu i łowca cisnął nim w przeciwległą ścianę. Pozostali atakujący próbowali jakoś zareagować, ale ich mechaniczne ciała były zbyt duże i niezdarne, by walczyć kontaktowo. Nadal próbowały oszacować sytuację, gdy łowca zerwał jednemu kawałek korpusu, obrócił się i cisnął nim w głowę drugiego. Bitwa dobiegła końca, gdy oderwał głowę ostatniemu z droidów za pomocą linki z kotwiczką. Ta z metalicznym brzękiem potoczyła się po podłodze...

I wtedy na korytarzu pojawiły się kolejne dwa droidy strażnicze z blasterami gotowymi do strzału. Łowca wystrzelił w ich kierunku z miotaczy ognia. Jednego spalił, a drugiego zdjął z blastera.

Zapadła cisza. Po chwili dobiegły ich zadowolone krzyki osadzonych. Nie codziennie zdarzało się, by więźniowie słyszeli dźwięki rozrywanych na strzępy droidów strażniczych. Mayfeld nie podzielał ich entuzjazmu. Bez słowa minął łowcę wraz z pozostałymi, obchodząc dookoła porozrzucane na korytarzu części.

– Posprzątaj po sobie – rzucił.

Jednak gdy dotarli do centrum dowodzenia, zapanował jeszcze większy bałagan.

– Na pokładzie miały być same droidy – powiedział Mando, gdy stanęli przed zestresowanym, niezaprzeczalnie ludzkim strażnikiem więziennym, który celował w ich stronę z blastera. W drugiej dłoni trzymał nadajnik – wiedzieli, jakie to niesie konsekwencje. Gdy tylko zostanie aktywowany, pojawi się grupa szturmowa Nowej Republiki, która szybko pozbędzie się problemu – raz i na zawsze.

Jako pierwszy odezwał się łowca.

– Odłóż broń – nakazał, ale sądząc po przerażonej twarzy mężczyzny, niewiele do niego docierało. – Nie przybyliśmy tu po ciebie, lecz po osadzonego.

Strażnik ani drgnął. Mayfeld również nie opuścił blastera. To Xi'an zakończyła impas, powalając nieszczęśnika na ziemię.

– Zamkniecie się wreszcie? – rzuciła.

Mayfeld powiódł wzrokiem ku nadajnikowi. Urządzenie leżało na podłodze, tam, gdzie upuścił je martwy strażnik. Światełko migotało.

– A wcześniej migotało? – zapytał drżącym głosem. – *Migotało!?*

Zero udzielił odpowiedzi przez komunikator.

– Wykryłem nadajnik naprowadzający Nowej Republiki. Wskazuje wasze współrzędne. Macie około dwudziestu minut.

Xi'an przechyliła głowę i przejechała językiem po wargach. Jej oczy aż błyszczały z ekscytacji.

– Wystarczy nam pięć.

Gdy dotarli do celi, Zero otworzył ją zdalnie. Wewnątrz na ławce siedział Twi'lekanin.

– Bracie – powiedziała Xi'an i uśmiechnęła się.

– Siostro – odparł mężczyzna. Wyszczerzył zęby. Spojrzał na Mandalorianina chłodnym, znajomym wzrokiem.

– Patrzcie, kto mnie zaszczycił odwiedzinami.

– Qin – odparł Mando.

– Zabawne – dodał Twi'lekanin, po czym wyszedł z celi, by dołączyć do oswobodzicieli na korytarzu. Przez cały czas nie odrywał wzroku od łowcy. – Mężczyzna, który zostawił mnie samego, teraz przybył mi na ratunek.

Zza pleców Mando dobiegł warkot. Nim łowca zdążył się odwrócić, Burg uderzył go z pięści wystarczająco mocno, by posłać go do dopiero co opuszczonej celi. Mando obrócił się i odpowiedział ogniem, ale drzwi już się zamykały. Wiązka z blastera odbiła się rykoszetem od ścian, niemalże muskając jego głowę. Usłyszał dźwięk mechanizmu zamka.

Zatrzasnęli go i oddalili się.

Chwilę później przed celą przechodził kolejny droid. Mando wyciągnął dłoń i wystrzelił linkę z kotwiczką. Ta owinęła się wokół szyi strażnika. Łowca przyciągnął patrolującego do drzwi. Chwycił go za dłoń i ją wykręcił. Przewody i serwomotory puściły i kończyna oddzieliła się od korpusu. Nie pozostało nic innego, jak odstrzelić droidowi głowę.

Po chwili Mando trzymał już samą kończynę.

Przekręcił serwomotor i z nadgarstka wysunął się klucz, który umieścił w porcie drzwi. Te otworzyły się i wyszedł na korytarz.

Pora na łowy.

ROZDZIAŁ 22

– RUCHY! – wrzasnął Mayfeld. – Grupa szturmowa jest już w drodze. Musimy się streszczać!

Z dousznego komunikatora przebił się opanowany i rzeczowy głos Zero.

– Pozostało dziesięć minut.

Mayfeld wraz z resztą biegli korytarzem ku portowi cumowniczemu, gdy nagle wysiadło zasilanie i w pobliżu zaczęły zamykać się drzwi. Wyglądało to tak, jakby sam statek więzienny się uparł, by zamknąć ich niczym w grobowcu. Czyżby odciął i dopływ powietrza? Najemnik poczuł nagły przypływ klaustrofobii. Miał wrażenie, że na płucach zaciska się mu gumowa rękawica, przez którą trudniej złapać oddech.

Nie skończę jako jeniec, pomyślał. *Prędzej sczeznę.*

Pomyślał o Mandalorianinie. Może nie powinni byli wystawiać go do wiatru?

Za późno, uznał, po czym skręcił.

Ślepa uliczka.

Wewnątrz centrum dowodzenia Mando zdalnie zamykał drzwi i odcinał wszelkie drogi ucieczki. Na monitorach widział Mayfelda i pozostałych. Ich twarze oświetlone były czerwienią zapasowego systemu zasilania transportowca. Podzieleni, zagubieni w gąszczu korytarzy, zaczynali panikować.

Zamknął kolejne drzwi.

Mayfeld, odcięty od Xi'an i Burga, został sam na sam z Twi'lekaninem, Qinem. Ryczały alarmy, które bez wątpienia zwiastowały rychły przylot jednostek Nowej Republiki. Mieli coraz mniej czasu.

Więzień wyszczerzył zęby.

– Jak cię zwą?

– Mayfeld.

– Cóż, panie Mayfeld – odparł – wydostaniesz mnie pan stąd?

– A twoja siostra? – zdziwił się najemnik.

Qin uśmiechnął się jeszcze szerzej.

– A co z nią?

Gdy Twi'lekanin obrócił się i zaczął się oddalać, Mayfeld pokręcił głową.

– Ale rodzinka – mruknął pod nosem.

Wewnątrz centrum dowodzenia Mandalorianin schylił się i sięgnął po migoczący nadajnik aktywowany przez strażnika. Dotarło do niego, że wystarczy zaczekać, a przynajmniej jeden z jego celów będzie musiał pojawić się na miejscu.

W pomieszczeniu jako pierwszy zjawił się Burg.

Devaronianin przystanął. Wodził wzrokiem po konsoletach z migającymi światełkami i ekranami monitorów. Był gotów do bitki, ale pomieszczenie wydawało się puste.

Wtedy usłyszał dźwięk dobiegający z góry.

Ukryty łowca wystrzelił linkę z kotwiczką i powalił Burga na ziemię. Jednak pod ciężarem osiłka zawalił się sufit, a wraz z nim na przeciwnika spadł i Mando. Rozwścieczony Burg warknął z obnażonymi zębami i zamachnął się pięścią na przeciwnika. Był nadludzko silny. Łowca nie miał z nim szans w fizycznej walce. Pozwolił, by napastnik go uniósł i nim cisnął. Burg warknął na niego, stojąc w otwartej grodzi. Chciał doprowadzić sprawę do końca.

Mandalorianin wbił przycisk i górna gródź opuściła się z hukiem. Burg zaparł się ze wszystkich sił i zaczął się z nią siłować. Zaśmiał się w poczuciu wygranej, ale wtedy Mando wcisnął drugi przycisk, by zamknąć grodzie boczne.

Tym razem Burg już nie wstał.

– Maaan-dooo... – zawołała śpiewnie Xi'an, wyzywając łowcę na pojedynek. – Gdzie jesteś?

Mandalorianin wyszedł na spotkanie Twi'lekance. Kobieta gapiła się na niego z zachwytem. Obnażyła zęby. Momentalnie zaczęła ciskać w jego stronę sztyletami. Schylił się. Poruszał się prędko, unikając ostrzy. Popędził w jej stronę, by w okamgnieniu znaleźć się za jej plecami. Nadal potrafił zaskoczyć ją prędkością.

Złapał Twi'lekankę w talii i przyłożył jej do gardła jeden z jej własnych sztyletów. Xi'an rzuciła mu szybkie spojrzenie i znieruchomiała.

– Dalej – powiedziała. – Na co czekasz?

Mayfeld stał bez ruchu w ciemnościach. Wiedział, że Mandalorianin gdzieś tam jest, poluje na niego, znajduje się coraz bliżej. Wyczuwał, jak nadchodzi. Światło w korytarzu migotało, a dawny imperialny snajper poczuł, jak strach ustępuje miejsca panice. Posmakował potu na górnej wardze; czuł, że serce wali mu jak szalone. Wracał myślami do tego, co powiedział wcześniej, gdy podśmiewał się z paranoi Mando.

I co, kto okazał się paranoikiem?

Jest blisko, pomyślał. *Czuję go nosem. Jest bardzo blisko.* Bezcelowo wodził blasterami w ciemnościach.

Następną rzeczą, jaką poczuł, był ucisk dłoni w rękawicy.

Nawet nie zdążył krzyknąć.

Qin wspinał się po drabince prowadzącej do „Brzeszczotu", kiedy usłyszał głos łowcy. Gdy ujrzał na ścianie jego cień, zaprzestał próby ucieczki i spojrzał przez ramię. W jego głosie słychać było rezygnację.

– Zabiłeś pozostałych.

– Dostali to, na co zasługiwali – odparł Mando.

Twi'lekanin warknął i obrócił się z bronią w dłoni. Jednak Mandalorianin już na niego czekał z blasterem skierowanym w jego tors.

– Zabijesz mnie – powiedział Qin – a nie otrzymasz zapłaty. – Obnażył zęby, co nadało mu wygląd dzikusa. – Nieważne, ile ci obiecał Ran. Dzięki mnie zapłaci ci z nawiązką. – Więzień zrobił krok w stronę łowcy, a potem kolejny. Zbliżał się powoli, trzymając ręce płasko wzdłuż tułowia. – No dalej, Mando. Bądź rozsądny. – Odrzucił na bok blaster i wyciągnął nadgarstki. Zachichotał. – Przyjąłeś zlecenie, prawda? Nie postąpisz według kodeksu? Nie masz honoru?

Mandalorianin nie odpowiedział.

Na pokładzie „Brzeszczotu" Dziecko z radochą bawiło się w chowanego z droidem o imieniu Zero. A przynajmniej początkowo mu się zdawało, że to zabawa. Jednak potem, gdy szukający już go odnalazł, sytuacja nabrała powagi. Droid miał w dłoniach karabin, który wydał się Dziecku groźny. Możliwe, że to wcale nie była przyjemna gra.

Zero skierował blaster w stronę Dziecka, które w odpowiedzi zamknęło oczy, uniosło dłoń i skupiło się. Skierowało w dół długie uszy. Próbowało coś zrobić, wyraźnie się przy tym męcząc. Zza pleców droida dobiegł wystrzał energii. Nagle jego korpus eksplodował w fontannie iskier i napastnik padł na posadzkę.

Stał za nim Mandalorianin, dzierżąc blaster.

Dziecko zagruchało i uśmiechnęło się.

Gdy lądowali na Grzędzie, Ran wyszedł na spotkanie załogi „Brzeszczotu". Kanonierka zadokowała i wystawiła rampę, a pokład jako pierwszy opuścił Qin. Gdy brodaty Ran obejmował więźnia, Mandalorianin przyglądał się mu uważnie.

– Gdzie są pozostali? – spytał Ranzar Malik.

– Żadnych pytań – powiedział. – Nie taką masz zasadę?

– Taa – odparł Ran.

– Wykonałem zlecenie.

– Na to wygląda. – Ran rzucił mu sakwę kredytów. – Nie wydaj wszystkiego na raz.

– Jak za starych dobrych czasów – rzekł Mando.

– Jak za starych dobrych czasów.

Mandalorianin wszedł po rampie i zamknął burtę ładowni. Po chwili podwozie „Brzeszczotu" uniosło się i statek zaczął opuszczać hangar.

Ran odprowadzał transportowiec wzrokiem, uśmiechając się i machając dłonią. Gdy tylko „Brzeszczot" opuścił hangar, momentalnie spoważniał. Pochylił się i uruchomił łączność.

– Zabić go – powiedział chłodno, bez emocji.

Usłyszał chichot Qina, gdy rozwarł się kawał płyty hangaru i ze środka na platformie wyłonił się myśliwiec. Był przekonany, że z pewnością szybko uwinie się z „Brzeszczotem", a po Mandalorianinie zaginie pamięć. I skończą się stare dobre czasy – po prawdzie to dla łowcy wkrótce wszystko się skończy.

Jednak wtedy jego uwagę przykuł pulsujący dźwięk. Zauważył migające urządzenie w dłoni Qina. Widocznie Mandalorianin umieścił je w kieszeni więźnia, nim odstawił go na stację.

– Co to? – zdziwił się Twi'lekanin, unosząc nadajnik.

Ran spojrzał na urządzenie z przerażeniem w oczach. Wiedział, co zwiastowało. Przez otwarty właz na tle kosmosu dostrzegał już trzy nadciągające myśliwce Nowej Republiki. Zbliżały się do stacji z zawrotną prędkością.

– Czy to X-wingi? – spytał Qin. Miał mętlik w głowie.

Ran nie zdążył odpowiedzieć, bo napastnicy otworzyli ogień.

ROZDZIAŁ 23

– PRZYJACIELU. – Holoprojektor transportowca wyświetlił w powietrzu wizerunek Greefa Kargi. – Jeśli otrzymałeś tę transmisję, najwidoczniej udało ci się przeżyć. – Przedstawiciel Gildii opierał dłonie na biodrach. Spojrzał w stronę łowcy. – Moje słowa pewnie będą dla ciebie zaskoczeniem, ale tak, ja też wymigałem się od śmierci. Powiedzmy, że jesteśmy kwita.

Mandalorianin przyglądał się obrazowi z uwagą, słuchając każdego słowa.

– Wiele się wydarzyło, odkąd widzieliśmy się po raz ostatni – ciągnął Karga. – Klient, który ciebie wynajął, nadal działa na miejscu, a jego gwardia szturmowców jedynie przybrała na sile. Imperialni sprawują władzę w moim mieście, co odbiło się na sytuacji Gildii. Uważamy Klienta za wroga, ale nie potrafimy podejść go na tyle blisko, by go wyeliminować. – Karga skrzyżował ręce, by przejść do sedna. – Gdybyś tylko przystał na moją ofertę i podjął się tego ostatniego zlecenia, wynagrodziłbym ci to z nawiązką. Do tej pory wychodziłeś zwycięsko ze starć z łowcami, jednak ci nie spoczną, póki nie zgarną nagrody. Oto moja propozycja. Wróć na Nevarro z Dzieckiem w charakterze przynęty. Zorganizuję wymianę w asyście lojalnych członków Gildii, którzy zapewnią nam ochronę. Jednak gdy już zbliżymy się do Klienta, zabijesz go i obaj osiągniemy to, na czym nam zależy. Jeśli podołasz, zachowasz Dziecko, a ja oczyszczę twoje imię w Gildii, bo człowiek honoru nie powinien żyć na wygnaniu. – Karga zamilknął, by Mandalorianin mógł przeanalizować w głowie warunki sojuszu. – Z nadzieją oczekuję twego przybycia.

Mando zakończył transmisję i spojrzał przez ramię na Dziecko. Spało smacznie w gondolce, cicho pochrapując.

Mandalorianin zwrócił się ku komputerowi nawigacyjnemu i obrał kurs na Sorgana.

Walka zawsze sprawiała, że Cara Dune utwierdzała się w swoich życiowych decyzjach, a wygrywanie zakładów stanowiło wisienkę na torcie.

Od odlotu Mando była znudzona i niespokojna. Szukała sposobów na zarobek, a w szczególności takich, dzięki którym mogłaby się jeszcze wyżyć. Na kolejną okazję natrafiła w gospodzie, w której lokalną specjalnością był bulion na kościach. Teraz, powiązana uprzężą energetyczną z Zabrakiem, z pewnością da upust swojej energii, a przy okazji zarobi nieco kredytów.

O ile wytrzyma wystarczająco długo.

Trach! Zabrak walnął ją w twarz i poleciała plecami w stronę baru. Z gardeł widzów wydobył się okrzyk zadowolenia. Cara zerwała się na nogi i rzuciła na przeciwnika. Uderzyła go mocno w szczękę i poprawiła z okrężnego kopa w brzuch. Atak jedynie rozzłościł Zabraka. Sprawił, że przestał myśleć, a dokładnie o to chodziło najemniczce.

– No, dawaj! – Zabrak obnażył zęby. Złapał uprząż obiema rękami i przeciągnął komandoskę po podłodze. Cara nie stawiała oporu – pozwoliła, by skrócił dzielący ich dystans, a przy okazji się zmęczył. W ostatniej chwili uchyliła się przed jego pięścią. Nim Zabrak zdołał odzyskać równowagę, odpłaciła mu ciosem w żebra, który sprawił, że napastnik aż się skulił.

Pozdrów ode mnie podłogę, pomyślała.

Zabrak stęknął, usiłując złapać oddech. Cara przyszpiliła go do ziemi, złapała za łączącą ich linkę i owinęła ją przeciwnikowi wokół szyi. Zaciskała ją mocno, aż wreszcie Zabrak dezaktywował linkę po swojej stronie i walnął o podłogę.

Rozległy się oklaski. Spodobała się widowni. Sapiąc z wyczerpania, uniosła ręce w geście zwycięstwa i wskazała tych, którzy założyli się o jej przegraną.

– Wyskakujcie z kredytów, błotołazy! – zawołała, po czym zebrała kredyty. – Dalej, tu proszę. Dziękuję...

Gdy zebrani się rozeszli, zobaczyła, że w jej stronę zmierza Mandalorianin.

– Chcesz zarobić? – zapytał.

Później, gdy wspólnie zasiedli przy stole, z grubsza przedstawił jej propozycję Greefa Kargi.

– Mają plan i zapewnią siłę ognia. Ja mam posłużyć za przynętę.

Cara powiodła wzrokiem ku niewielkiej istotce o długich uszach, która przysłuchiwała się rozmowie z nieskrywanym zainteresowaniem.

– Z dzieciakiem?

– Właśnie dlatego zwracam się do ciebie o pomoc.

– No, nie wiem. Poradzono mi, żebym się nie wychylała. – Spojrzała niepewnie na łowcę. – Gdy ktoś mnie zidentyfikuje, resztę życia spędzę, gnijąc w celi.

– Myślałem, że jesteś weteranką.

– Od tamtej pory wcielałam się w różne role – odparła Cara, myśląc o wszystkich pracach, których się podejmowała, jak i o wszystkich osobach, którym nadepnęła na odcisk. – Wystarczy, że wykupię pryczę na statku zarejestrowanym w Nowej Republice...

– Przecież *mam* statek – przypomniał jej Mando. – Zawiozę cię tam i z powrotem, a do tego otrzymasz sowitą zapłatę. Będziesz mogła żyć bez trosk.

– Już teraz żyję bez trosk – skwitowała – i nie mam ochoty dłużej bawić się w żołnierza. – Uniosła brwi, by podkreślić swoje słowa. – Szczególnie gdy mowa o walce z jakimś lokalnym watażką.

– Nie jest żadnym watażką – odparł Mando. – To imperialny.

Cara zamilkła na dłuższą chwilę, zastanowiła się i uniosła kubek.

– Wchodzę w to.

Cara zawsze zabierała ze sobą tylko najpotrzebniejsze rzeczy, więc spakowanie się nie zajęło jej wiele czasu. Po niespełna godzinie znajdowali się już na pokładzie „Brzeszczotu" i odlatywali w przestrzeń kosmiczną. Mandalorianin uruchomił autopilota i udali się do ładowni. Cara przyglądała się pokładowemu arsenałowi złożonemu z blasterów i ładunków wybuchowych, by postanowić, które bronie zabrać ze sobą na misję. Wszystkie sprawiały wrażenie porządnych, ale najbardziej upodobała sobie detonator termiczny. Podniosła go, by poczuć jego ciężar.

– Oj! – zawołała, gdy statek nagle gwałtownie odbił w bok i zaczęło nim telepać. Mando wsparł się o ścianę i skierował w stronę kokpitu, gdzie pulsowały konsolki i trąbiły alarmy. Po chwili zrozumiał dlaczego.

U sterów siedziało Dziecko. Złapało za drążek i trajkotało z radością, usiłując pokierować statkiem. Łowca rzucił się do fotela, by odsunąć malca od sterów, przekazać go Carze i przejąć władzę nad „Brzeszczotem". Ustabilizował lot i wyłączył alarmy.

Cara wypuściła powietrze.

– Ktoś powinien go pilnować.

– Tak – zgodził się łowca.

– Masz kogoś, komu mógłbyś zaufać?

Mandalorianin uznał, że zna osobę, która nada się idealnie.

Kuiil zaprzęgał blurrga, gdy zauważył znaną mu sylwetkę „Brzeszczotu", która lądowała przed jego farmą. Gdy otworzyła się burta ładowni, powitał gości i zaprowadził ich do domu. Mandalorianin przybył z Dzieckiem i kimś jeszcze – wojowniczką, o ile potrafił ocenić po wyglądzie.

Ugnaught przyjrzał się bacznie Dziecku.

– Niewiele urosło – stwierdził, po czym przeniósł wzrok na Carę. – A ta? Ma jakieś imię?

– Cara – odparł Mando. – Należała do oddziału uderzeniowego Nowej Republiki.

– Służyłaś na pokładzie desantowca – stwierdził Kuiil.

Przytaknęła.

– A ty? Brałeś udział w wojnie?

– Tak, ale obawiam się, że po przeciwnej stronie – przyznał Kuiil, zajmując miejsce przy stole. – Ale mogę stwierdzić z dumą, że odpracowałem dług mojego klanu i dziś już nie kłaniam się przed nikim.

Nagle w otwartych drzwiach za jego plecami pojawił się droid. IG-11 był tak wysoki, że musiał się schylić, by przejść przez próg, a mimo to trzymana przezeń taca z herbatą ani drgnęła.

Na widok droida-łowcy Mando zerwał się na nogi, dobywając blastera, a w ślad za nim poszła Cara. IG-11 wydawał się niewzruszony.

– Herbatki?

– Proszę – zaapelował Ugnaught – odłóżcie blastery. Nie zrobi wam krzywdy.

Mandalorianin ani myślał ustąpić. Celował w głowę droida.

– Zgodnie z programem musi zabić Dziecko.

Kuiil pokręcił głową.

– Już nie.

Mando i Cara słuchali opowieści Ugnaughta o tym, jak odnalazł droida po bitwie. Nie okazywał żadnych oznak życia. Podniósł go i załadował na grzbiet blurrga, by zawieźć do warsztatu i ocenić zakres zniszczeń. Mechaniczny łowca został poważnie uszkodzony. Niewiele zostało z jego sieci neuronowej, a jej odbudowa okazała się trudna. Gdy już zakończył naprawy mechaniczne, Kuiil całymi dniami uczył droida wszystkiego od zera – jak stać, jak chodzić, prostych czynności, takich jak podnoszenie pudełka czy nalewanie wody. Pacjent wymagał uwagi i czasu.

– Dzień po dniu wspierałem jego rozwój cierpliwością i zachętami – powiedział Kuiil, gdy droid nalewał gościom herbaty. – Zaczął nabierać doświadczenia i z czasem wykształcił własną osobowość.

Mandalorianin nie był przekonany.

– Nadal jest łowcą?

– Nie – odparł Ugnaught – ale stanie w mojej obronie.

IG-11 uniósł dłoń, w której trzymał kubek.

– Herbatki?

Mandalorianin spojrzał na niego i westchnął.

Później tamtego wieczoru, gdy Kuiil karmił blurrgi, Mando wyznał, dlaczego tak naprawdę wrócił na Arvalę-7: by zatrudnić go w charakterze opiekuna Dziecka.

– Nie mogę przyjąć twojej oferty – odparł Ugnaught – ale doskonale sprawdzi się w tej roli IG-11. Mogę go przeprogramować, by sprawował pieczę nad Dzieckiem.

– Nie – uciął temat łowca. – Nie chcę, by droid zbliżał się do malca.

Ugnaught zamrugał oczyma.

– Droidy nie są dobre ani złe – stwierdził. – Są neutralnym odbiciem tych, którzy je programują. – Wyprostował się i przyjrzał badawczo Mandalorianinowi. – Ufasz mi?

– Tak, na tyle, na ile miałem okazję cię poznać.

– Wobec tego powinieneś ufać mojej pracy – odparł Kuiil, jakby jego słowa zamykały temat. – Wyprawię się z tobą, a IG-11 wyprawi się wraz ze mną. Nie oczekuję zapłaty. Chcę uchronić Dziecko przed imperialną niewolą. – Spojrzał na Mandalorianina. Słowa, które wypowiedział, popłynęły prosto z serca:

– Nikt nie będzie wolny, póki dawne zwyczaje nie znikną na dobre.

Nie pozostało im nic więcej do powiedzenia, więc Mandalorianin odparł jedynie:

– Dobrze.

– I weźmiemy ze sobą blurrgi.

– Blurrgi?

– Powiedziałem swoje – uciął Kuiil, po czym się oddalił.

Blurrgi bez trudu zmieściły się w ładowni „Brzeszczotu". Wraz z nimi przebywał Ugnaught, najwidoczniej zadowolony z ich towarzystwa. Gdy wyruszyli w drogę, Cara podeszła do Mandalorianina. Siedział z Dzieckiem przy stole w pobliżu ładowni. Rzuciła na stół garść kredytów, usiadła i wyciągnęła dłoń w jego stronę.

Spojrzał na kredyty, a potem na najemniczkę.

– Jesteś pewna?

Cara posłała mu szelmowski uśmiech.

– A co, boisz się?

Zaparł się łokciem o stół, chwycił jej dłoń i już po chwili siłowali się na ręce. Cara wiedziała, że mają wyrównane szanse, ale gdy włożyła całą energię w zmagania, poczuła, jak Mando zaczyna opadać z sił.

– Mam cię.

Łowca stękał z wysiłku.

– To co, podwoimy stawkę?

Cara zwiększyła nacisk. Uśmiechnęła się jeszcze szerzej. Wiedziała już, że wygra, a skoro tak, nigdy nie da mu o tym zapomnieć, szczególnie że...

Nagle coś wyrwało ją z przemyśleń. Poczuła, jak na jej gardle zaciska się jakaś niewidzialna dłoń. Zaczęła się dusić. Usiadła prosto i złapała się za gardło. Zaczęło jej ciemnieć przed oczyma, ale kątem oka dostrzegła Dziecko. Miało zamknięte powieki i wyciągało dłoń w jej stronę.

– Nie! – krzyknął Mando. Dostrzegła, jak rzuca się w jego stronę, by je podnieść. – Przestań! Jesteśmy przyjaciółmi! Cara jest moją przyjaciółką!

Uścisk zwolnił i Cara mogła złapać oddech. Usiadła i wskazała gestem Dziecko.

– Nieładnie!

Mandalorianin otulił Dziecko w gondolce.

– Ciekawe – skwitował Kuiil.

– *Ciekawe?* – Cara wbiła w niego wzrok. – Prawie mnie zabiło!

Mando spojrzał na Ugnaughta. Kuiil bacznie przyglądał się Dziecku. Próbował zrozumieć, czego właśnie był świadkiem.

– Teraz historia o bagnorożcu nabrała nieco więcej sensu – powiedział po dłuższej chwili.

– Chętnie skorzystam z twoich umiejętności – zmienił temat łowca. – Mógłbyś wyścielić gondolkę Dziecka miękkim materiałem, by mu się lepiej spało?

– Ba, zbuduję lepszą – odparł Kuiil i zabrał się do pracy.

Cara rozmasowała gardło, które dopiero co ściskała niewidzialna dłoń. Od tej pory będzie musiała uważać w obecności malca.

ROZDZIAŁ 24

WYLĄDOWALI NA POLACH wulkanicznych na Nevarro, gdzie już czekał na nich Greef Karga wraz z trójką łowców – człowiekiem, Nikto i Trandoshaninem. Kuiil wyładował rampą blurrgi. Dołączyli do niego Mando i Cara, by podjechać do przedstawiciela Gildii.

Karga wraz z łowcami stali bez ruchu, obserwując nadejście Mando i pozostałych.

– Przepraszam, że spotykamy się w tak odludnym miejscu – zagaił agent Gildii – ale wszystko się skomplikowało, odkąd byłeś tu ostatnim razem. – Rozłożył ręce. – To gdzie ten malec?

Mando wcisnął przycisk na karwaszu i srebrna gondolka podleciała bliżej. Zasłona otworzyła się i oczom zebranych ukazała się twarzyczka Dziecka. Na jej widok Karga aż zamrugał ze zdziwienia.

– Całe to zamieszanie o tego małego bogwinga? – spytał przedstawiciel Gildii. Pochylił się i uniósł Dziecko. – Cóż za osobliwa istotka. Już rozumiem, dlaczego nie chciałeś, by spadł jej choć jeden włos z tej pomarszczonej główki. – Umieścił Dziecko w gondolce i spojrzał na łowcę. – Mam nadzieję, że doprowadzimy sprawę do końca. Zbieramy się?

Wkrótce potem zaszło słońce. Przez pewien czas podróżowali pieszo po polach wulkanicznych. Mówili niewiele. Potem rozbili obóz nad brzegiem rzeki. Do miasta zamierzali udać się z nastaniem świtu.

Tamtej nocy zgromadzili się przy ognisku. Kuiil karmił Dziecko kawałkami mięsa. Mały głodomór połykał je łapczywie, cmokając.

– Wygląda na to, że nasz mały szkodnik jest mięsożercą – zdumiał się Karga. – Nigdy nie widziałem takiej istoty. – Przybliżył się. – Byli gotowi zapłacić za nią bajońską sumę.

– Powtórzmy jeszcze plan – zaproponował Mando.

Karga przedstawił im kolejne kroki. Plan był prosty. Mieli udać się razem do kantyny. Dziecko miało posłużyć za przynętę. Na miejscu mieli usiąść przy stoliku Klienta, po czym Mando miał pozbawić go życia. Gdyby gwardia szturmowców stawiała opór – Karga obiecał, że mowa o góra czterech osobach – mieli się nią zająć łowcy wraz z Carą Dune. Zanosiło się na prostą akcję.

– Zaufajcie mi – powiedział Karga. – Plan jest niezawodny.

Słowa mężczyzny jeszcze nie wybrzmiały do końca, gdy z ciemności nocy z ogłuszającym rykiem nadciągnęła skrzydlata istota. Karga krzyknął z bólu i zaskoczenia, kurczowo szarpiąc ręką, po czym się cofnął, a w całym obozowisku zapanował chaos. Łowcy dobyli blasterów i zaczęli strzelać.

– Padnijcie! – Mandalorianin zerwał się na nogi i porządnie zamknął gondolkę Dziecka. Uniósł karabin i dołączył do pozostałych łowców oraz Cary Dune, jednak ich broń zdawała się nie wyrządzać napastnikom żadnych szkód. Nocne niebo wypełniło się skrzekiem i łomotem skrzydeł, gdy gadoptaki, w liczbie co najmniej trzech lub czterech, zaatakowały z góry, spragnione krwi. Jeden z nich podleciał i wbił szpony w blurrga, który zakwilił z przerażenia.

– Puść go! – wrzasnął Kuiil, jednak potwór już machał skrzydłami i odlatywał z wierzchowcem. I wtedy podleciała druga istota i chwyciła w szpony trandoshańskiego łowcę, unosząc go nad ziemię. Kolejny gadoptak zainteresował się drugim blurrgiem. Gdy potwór zaskrzeczał i wbił szpony w grubą skórę zwierzęcia, zgromadzeni otworzyli ogień. Wiązki z blasterów dosięgnęły blurrga i zwaliły go z nóg. Zwierzę padło na ziemię, a wtedy momentalnie rzuciły się ku niemu kolejne dwa gadoptaki o rozczapierzonych szponach. Mando uniósł rękę i wystrzelił z miotacza ognia. Podpiekał latające potwory, aż te wreszcie zrezygnowały z uczty i odleciały w siną dal niczym para płonących latawców.

Walka dobiegła końca równie szybko, jak się zaczęła. Nie słyszeli niczego prócz pomruków przerażonego Dziecka dobiegających z otwierającej się gondolki oraz pojękiwań

Greefa Kargi. Na początku walki odniósł głęboką ranę, a jad gadoptaków słynął z tego, że działał niesłychanie szybko. Gdy dostał się do krwiobiegu, śmierć często nadciągała w przeciągu minut.

– Nie ruszaj się. – Cara usiadła obok i otworzyła apteczkę. Przyjrzała się ranie. – Nieźle cię urządziły.

– Źle? – spytał Mando.

– Źle – potwierdziła. – Jad rozprzestrzenia się szybko. Nic tu nie zdziałam! – Spojrzała na Dziecko, które wygramoliło się z repulsorowej gondolki i niepostrzeżenie podeszło do niej i do Kargi od tyłu. – Weźmiesz je stąd?

– Zaczekaj – powiedział cicho Kuiil.

Oczy Kargi spoczęły na Dziecku, które spoglądało na niego z ożywieniem.

– Chce mnie zjeść! – krzyknął przedstawiciel Gildii, ale nie odsunął się. Wszyscy stali i patrzyli, jak Dziecko umieszcza malutką dłoń bezpośrednio na ranie i trzyma ją tam z zamkniętymi oczyma.

Pojękiwania Kargi stopniowo ucichły i mężczyzna uniósł wzrok z niedowierzaniem.

Rana się zasklepiała, po czym...

Zniknęła, jakby w ogóle jej nie było.

Karga wbił wzrok w Dziecko z niedowierzaniem. W ciszy, która zapanowała, gdy patrzeli po sobie, nie wiedząc do końca, czego byli świadkami, słychać było jedynie trzaski ognia.

Z nadejściem świtu opuścili pola wulkaniczne i znaleźli się na obrzeżach miasta, poturbowani i wyczerpani z powodu nocnego ataku. Karga i pozostali dwaj łowcy nagród, którzy wybrali się z nim w drogę, kroczyli na przedzie. W ślad za nimi podążali Mando i Cara, a orszak zamykał Kuiil. Dosiadał jedynego blurrga, który przetrwał bitwę.

Cara obserwowała, jak idący z przodu Karga porozumiewa się półszeptem z łowcami.

– Myślisz, że nabrali wątpliwości? – spytała.

– Możliwe – przyznał Mando. – Nie odrywaj od nich oczu.

– Zgoda.

Przystanęli na urwisku, z którego rozciągał się widok na miasto. Karga spojrzał w dół.

– Jesteśmy – powiedział, nie odwróciwszy się.

Mando i Cara zatrzymali się. Napięli mięśnie w oczekiwaniu na rozwój sytuacji. Mando słyszał pozostałych łowców, którzy skradali się za ich plecami. Potem ich kroki ucichły i usłyszał skrzypnięcie skórzanej kabury.

Ułamek sekundy później Karga obrócił się na pięcie, dzierżąc blastery w obu dłoniach, i otworzył ogień.

Trafił obu łowców w pierś – człowieka i Nikto – zdejmując ich pojedynczymi strzałami. Gdy ciała uderzyły o ziemię, uniósł blastery w powietrze. Mando i Cara podeszli bliżej z obu stron, celując do niego z własnej broni.

– Muszę wam coś powiedzieć – zaczął srogim tonem Karga. – Planowaliśmy was zabić i zgarnąć dzieciaka. – Spojrzał w ich stronę i pokręcił głową. – Ale po tym, co stało się ostatniej nocy... Nie mogłem się na to zdobyć. – Zmarszczył brwi. – No, dalej. Możecie mnie zastrzelić tu i teraz. Nie złamiecie Kodeksu. Jednak wtedy Dziecko już nigdy nie zazna spokoju.

Mando i Cara nadal celowali do niego z blasterów.

– Zaryzykujemy – odparła Cara.

– Pozwólcie mu się wypowiedzieć – wtrącił Kuiil.

– Obaj chcemy pozbyć się Klienta – ciągnął Karga. – Pozwólcie mi zabrać Dziecko do Klienta, a później wy dwoje...

– Nie – uciął Mando, po czym opuścił blaster.

Cara spojrzała na niego krzywo.

– Co najlepszego wyprawiasz?

– Póki żyje, Klient będzie wysyłał łowców za Dzieckiem. – Zwrócił się w stronę Kargi. – Pójdziesz ze mną. Powiesz mu, że mnie schwytałeś. Przyprowadzisz mnie do niego, a ja go zabiję.

– Dobry pomysł – zgodził się przedstawiciel Gildii. – Daj mi swój blaster.

– To jakieś szaleństwo! – powiedziała Cara, gdy Mando podał mu broń.

– To jedyne wyjście z sytuacji.

– Idę z tobą – zadecydowała. – Powiem im, że to ja cię pochwyciłam.

– Cara może pójść z Dzieckiem – zasugerował Karga.

– Nie – uciął temat Mando. – Malec wróci na statek.

– Ale bez Dziecka plan się nie powiedzie!

– Mam własny – odparł Mandalorianin, po czym zwrócił się w stronę Ugnaughta. – Kuiil, wróć na pokład „Brzeszczotu" z Dzieckiem i zabarykaduj się. Uruchom protokół bezpieczeństwa. Nic na tej planecie nie może dostać się do środka.

Kuiil przytaknął.

– Przy mnie Dziecko będzie bezpieczne.

Mando wystawił przed siebie dłonie, by Karga mógł je skuć kajdankami.

– Jestem gotów.

ROZDZIAŁ 25

MIASTO SIĘ ZMIENIŁO. Ulice wydawały się dziwnie opustoszałe. Mniej osób uganiało się za swoimi sprawami. Imperialni szturmowcy i zwiadowcy – ci drudzy na skuterach repulsorowych 74-Z – jawnie patrolowali okolicę z bronią na wierzchu. Przyglądali się, jak Karga i Cara Dune podchodzą wraz z Mando, który miał ręce skute kajdankami. Między nimi unosiła się szczelnie zamknięta gondolka.

– Kod sekwencyjny – rzucił jeden ze zwiadowców.

– Przynoszę prezent dla waszego szefa – odparł Karga, podając kod zwiadowcy. Ten go zeskanował.

– Dam ci dwadzieścia kredytów za hełm.

– Niedoczekanie – odparł Karga. – Trafi na *moją* ścianę.

– Na twoją *ścianę*? – skomentował pod nosem Mandalorianin.

– Współpracuj – szepnął Karga.

Zwiadowca nakazał im gestem, by szli dalej.

Karga szturchnął łowcę i ruszyli przed siebie. Kolejni szturmowcy obserwowali ich z obu stron ulicy, gdy zmierzali do imperialnej bazy.

Wszystko miało się rozegrać już wkrótce.

Gdy nadeszli, Klient zerwał się na nogi. Oczy aż mu się świeciły z oczekiwania.

– Patrz i podziwiaj – powiedział Karga. – Tak jak obiecałem.

Starzec powiódł wzrokiem po zbroi Mandalorianina, jakby podziwiał rzeźbę, która została wtoczona do pomieszczenia ku jego osobistej uciesze.

– Cóż za kunsztowne rzemiosło. – Powiódł dłonią po wizjerze hełmu. – W dłoniach fachmistrzów z rodowodem beskar przyjmuje niesamowite formy. – Mężczyzna nakazał droidowi protokolarnemu RA-7 za barem, by przygotował drinki, po czym gestem zaprosił ich do stołu.

– Proszę, usiądźcie.

Karga siłą usadowił Mando, a naprzeciwko zasiadł Klient.

– To tragedia, że twoi pobratymcy tak ucierpieli – powiedział imperialny – szczególnie że można było tego uniknąć. Dlaczego Mandalora sprzeciwiła się naszej ekspansji?

Mandalorianin milczał.

– Imperium poprawia jakość życia w każdym systemie, który znajdzie się w jego zasięgu – ciągnął starzec. – Pod każdym względem. Bezpieczeństwo, koniunktura, handel... –

Spoważniał, a na jego twarzy pojawiło się coś na kształt troski. – Porównaj rządy Imperium z sytuacją obecną. Czy od czasu rewolucji świat stał się spokojniejszym miejscem? – Spoglądał na Mandalorianina, ale nie raczył zaczekać na odpowiedź. – Śmierć i nieład. – Wzrok starca powędrował ku repulsorowej gondolce, która unosiła się tuż przy stole. – Chciałbym zobaczyć Dziecko.

– Cóż... – Karga uniósł dłoń. – Śpi.

– Będziemy cicho – odparł Klient.

Nim Karga mógł odpowiedzieć, pobliski szturmowiec podszedł do stołu i wyszeptał coś do ucha starca.

– Nie chcę być nieuprzejmy – powiedział Klient – ale muszę was na chwilę zostawić.

Gdy odszedł od stołu, Mandalorianin zdjął kajdanki z nadgarstków, uwalniając dłonie.

– Podaj mi blaster – szepnął.

Karga przekazał mu broń.

– Pamiętaj, masz jedną szansę.

Klient pochylił się nad holoprojektorem przy barze. W powietrzu zawisł wizerunek rozmówcy, mężczyzny o pociągłej twarzy, który mierzył go chłodnym, oceniającym wzrokiem.

– Tak, moffie Gideonie?

– Dostarczyli Dziecko? – zapytał Gideon. Jego głos przyjął pozornie swobodny, niemal konwersacyjny ton.

– Zgadza się – odparł starzec. – Obecnie śpi.

– Sprawdź – dla pewności.

Klient zmrużył oczy i spojrzał w prawo. Na jego twarzy malowało się podejrzenie.

Przez okno za barem wleciała wiązka energii.

Starzec bezładnie padł na ziemię.

Szturmowcy obrócili się, by odpowiedzieć ogniem. W kantynie zapanował chaos. Po przeciwnej stronie pomieszczenia Karga przewrócił stół, by wraz z resztą skryć się przed ostrzałem. Przez zniszczone okno do środka wdarła się wiązka światła, która przeszyła zasnute dymem powietrze. Droid protokolarny za barem uniósł dłonie i skulił się z przerażenia.

Hologram moffa Gideona przez chwilę przyglądał się zniszczeniu, po czym mężczyzna pochylił się, by wyłączyć nadajnik, i zniknął.

Gdy strzały ustały, Cara wstała, by rozejrzeć się po pomieszczeniu i upewnić się, że nie przeżył żaden ze szturmowców. Dołączyli do niej Karga i Mando. Cara obróciła się, by wyjrzeć na ulicę przez zniszczone okno. Gdy zobaczyła, co ich czeka, przeszły ją dreszcze.

Przed kantyną stali w szeregu odziani w czarne pancerze szturmowcy śmierci – elitarni żołnierze Imperium, którzy zazwyczaj działali w cieniu. Za nimi z podmuchem powietrza lądował imperialny prom. Drzwi otworzyły się i z pokładu wyłonił się oddział szturmowców.

– Niedobrze – podsumowała Cara.

Mando uniósł komlink do hełmu.

– Kuiil, jesteś już na pokładzie?

W odpowiedzi usłyszał trzask, a po chwili, jakby z oddali, dobiegł go głos Ugnaughta.

– Jeszcze nie.

– Wracaj na statek i odlatujcie! – rzucił Mando. – Zabierz malca daleko stąd. Przyszpilili nas!

Kuiil odebrał transmisję. Złapał mocniej za wodze i przyśpieszył. Jego blurrg galopował po polach lawowych, zmniejszając odległość dzielącą jeźdźca od „Brzeszczotu". Mechanik wiedział, że jest już blisko. Wkrótce znajdzie się na pokładzie i Dziecko będzie bezpieczne.

Jednak rozmowie przysłuchiwał się jeszcze ktoś.

Na obrzeżach miasta czatowali dwaj imperialni zwiadowcy, którzy monitorowali transmisje. Spojrzeli po sobie, dosiedli skuterów repulsorowych i wyruszyli w dal.

ROZDZIAŁ 26

SAMOTNY MYŚLIWIEC TIE opadł z nieba i powoli lądował nad ulicą za imperialnymi siłami, składając płaty paneli słonecznych. Wewnątrz kantyny Mando, Karga i Cara Dune wpatrywali się w niego z uniesionymi blasterami. Nie wypowiedzieli ani słowa, choć wiedzieli, co zwiastowało pojawienie się myśliwca.

Nadeszła sądna godzina.

Właz TIE otworzył się z sykiem i z wnętrza wyłonił się mężczyzna w napierśniku i ciemnej pelerynie. Minął szeregi szturmowców i zbliżył się do budynku. Rozpoznali w nim imperialnego oficera z holoprojektora, tego, z którym rozmawiał starzec.

Moffa Gideona.

Imperialny zatrzymał się naprzeciwko okna i przemówił spokojnym, beznamiętnym głosem.

– Macie coś, czego pragnę – zaczął. – Może wam się wydawać, że macie jakieś pojęcie o tym, w co się wplątaliście, ale jesteście w błędzie. – Spojrzał na nich chłodnymi oczyma. Z jego twarzy przebijała pewność siebie. – Dziecko znaczy dla mnie więcej, niż możecie sobie wyobrazić. I już za kilka chwil trafi w moje ręce.

Mando uniósł komunikator.

– Kuiil, jesteś już na pokładzie? – spytał. – Osaczyli nas. Kuiil, zgłoś się!

Nie doczekał się odpowiedzi.

Kuiil przyśpieszył. Nie miał czasu, by odpowiedzieć na wiadomość łowcy. Widział już przed sobą „Brzeszczot". Sylwetka kanonierki odznaczała się wyraźnie na tle błękitnego nieba. Dotrze na miejsce w kilka minut, może szybciej. Pośpieszył blurrga, ale bestia i tak już biegła ile sił w nogach. Z koców, w których spoczywało dziecko, dobiegało ciche trajkotanie.

Zapewnij bezpieczeństwo Dziecku, pomyślał. Było to najważniejsze zadanie, jakiego się podjął w życiu.

Znalazł się na tyle blisko, że mógł już zdalnie uruchomić system bezpieczeństwa transportowca. Wcisnął przycisk i burta ładowni statku zaczęła się obniżać. Dostrzegał już samą ładownię, w której będą mogli się schronić.

Jednak wtedy jego uszu dobiegł warkot silników skuterów repulsorowych.

Gdy zwiadowcy wystrzelili, powalając blurrga i posyłając Kuiila w piach, Ugnaught ujrzał jeszcze, jak Dziecko wypada mu z rąk. W jednej chwili uświadomił sobie przerażającą prawdę.

Nie podołał misji. Nie uchronił Dziecka. Białe hełmy i wizjery zwiadowców zawisły nad jego twarzą, równie bezosobowe co nadciągająca śmierć.

– Nie! – Kuiil uniósł dłoń w ostatniej, desperackiej próbie powstrzymania napastników.

Blaster wystrzelił i zapadła ciemność.

ROZDZIAŁ 27

W DRODZE POWROTNEJ dwaj zwiadowcy, którzy przechwycili Dziecko z rąk Ugnaughta, zwolnili i zatrzymali się na obrzeżach miasta, by zdać raport.

– Skutery wróciły do punktu kontrolnego z celem – powiedział przez komunikator pierwszy ze zwiadowców. – Oczekujemy potwierdzenia... – Dziecko pisnęło wewnątrz torby i szturmowiec pacnął je przez materiał. – Przestań!

– Zgoda – powiedziała osoba po drugiej stronie linii – ale na wszelki wypadek jeszcze potwierdźcie rozkazy wyżej. Moff już wylądował. Zdążył wyeliminować lokalny oddział szturmowców.

Zwiadowcy wymienili spojrzenia. Pierwszy włączył mikrofon.

– Otrzymałem. Bez odbioru.

Po chwili spojrzał na niego drugi szturmowiec.

– Czy... on właśnie powiedział, że Gideon zabił własnych ludzi?

Pierwszy zwiadowca pokręcił głową.

– Kto wie? – odparł. – Tacy jak on od razu po przybyciu lubią pokazać, kto rządzi. Wiesz, jak jest. – Dziecko zagruchało wewnątrz torby i szturmowiec znów je pacnął. – Cicho tam!

Drugi zwiadowca wyciągnął szyję, by lepiej przyjrzeć się torbie, w której poruszała się istota.

– W ogóle co to za stworzenie?

– Nie wiem. Może moff chce je zjeść. Nie zadaję pytań.

Drugi szturmowiec spojrzał na kompana.

– Dasz zobaczyć?

Zwiadowca z torbą spojrzał na niego z niedowierzaniem.

– Nie dotarło do ciebie, że moff Gideon właśnie zabił tuzin własnych ludzi, by zaznaczyć swoją obecność?

– No dobrze.

– Do mnie dotarło. Do ciebie nie?

– Jasne.

Usiedli na skuterach, oczekując dalszych rozkazów. Nadaremno. Prażyli się na słońcu. Po wrażeniach, jakie zapewnił im pościg za Ugnaughtem i Dzieckiem, teraz czas zdawał się pełznąć. Rebelia nie zmieniła jednego – życie nadal w dużej mierze polegało na oczekiwaniu na polecenia.

Po chwili drugi zwiadowca westchnął. Dobył blastera i wycelował w nadajnik leżący w piasku. Pociągnął za spust. Spudłował. Strzelił ponownie. Drugie pudło. Pierwszy szturmowiec dołączył do zabawy. Strzelali na zmianę, ale żadnemu nie udało się choćby drasnąć nadajnika. Nie odzywali się. Drugi ze zwiadowców spojrzał z zainteresowaniem na torbę.

– Nie powinniśmy tego napoić?

Pierwszy szturmowiec posłał mu nieufne spojrzenie.

– Przyznaj się, chcesz mu się przyjrzeć.

– Ty go widziałeś.

– Przez chwilę. Podniosłem go i umieściłem w torbie.

– To dłużej niż ja.

Pierwszy imperialny westchnął.

– Dobrze – odparł i uchylił wieka torby. – Zadowolony?

– Wow. – Jego kompan wbił wzrok w pomarszczoną twarz. Istotka wpatrywała się w niego szeroko otwartymi oczyma. – Co to jest?

– Nie wiem. Chyba jakieś zwierzątko.

– Zwierzątko? – Wyciągnął palec w stronę malca, ale ten otworzył usta i go ugryzł. Mężczyzna jęknął i cofnął dłoń, po czym mocno uderzył istotę z pięści.

Pierwszy zwiadowca wzruszył ramionami.

– Będziesz miał nauczkę.

– Przestańcie – powiedział mechaniczny głos.

Zwiadowcy dobyli blasterów i wycelowali w postać z połyskliwego metalu.

– Tożsamość!

– Jestem IG-11 – odparł droid. – Jestem droidem opiekuńczym tego malca i żądam, abyście natychmiast przekazali go w moje ręce.

– Droid *opiekuńczy*? – Drugi zwiadowca spojrzał na kompana. – A wygląda na łowcę. Czy droidy serii IG nie są zazwyczaj łowcami?

– Wygląda na to, że ten jest niańką – stwierdził pierwszy.

– Przykro mi, panie niańko, ale będziesz musiał się stąd zbierać.

IG-11 nadal zmierzał w ich stronę.

– Odmawiacie wydania Dziecka?

– Tak – odparł szturmowiec, celując z blastera w głowę droida. – Już cię tu nie ma.

IG poruszał się szybko jak smuga. Złapał zwiadowcę za rękę, w której ten trzymał broń, i wykręcił ją, łamiąc w nadgarstku. Szturmowiec wrzasnął. Droid pochwycił go i cisnął nim o ziemię. Obrócił się i odtrącił blaster drugiego zwiadowcy. Złapał go za szyję i zaczął uderzać jego głową o skuter repulsorowy. Następnie podszedł do Dziecka, uniósł je, usiadł na drugim skuterze i uruchomił silnik. Dziecko zamrugało i spojrzało mu w twarz.

– Niemiły widok – skwitował IG-11. – Przepraszam, że musiałeś się temu przyglądać.

Wyruszyli.

Zgromadzeni w kantynie znaleźli się w sytuacji bez wyjścia.

Stojąc plecami do ściany, Cara spojrzała na Greefa Kargę.

– Istnieje jakaś inna droga ucieczki?

– Nie – odpowiedział przedstawiciel Gildii.

– A sieć kanalizacyjna? – spytał Mando. – Mandalorianie kryli się w kanałach. Gdyby udało nam się tam dotrzeć, moglibyśmy uciec.

– Dobry pomysł – uznała Cara. – Powinno się nam udać.

Mandalorianin uruchomił skaner.

– Poszukam punktów dostępu.

Cara wyjrzała przez otwarte okno. Za ścianą budynku szturmowcy wystawili dużą białą skrzynię, a teraz otwierali zatrzaski i unosili wieko. Szeregi imperialnych żołnierzy rozstąpiły się i szturmowcy osadzili na ziemi trójnóg, na którym zaczęli montować coś, w czym po chwili Cara rozpoznała ciężki blaster samopowtarzalny. Poczuła, jak ogarnia ją poczucie bezsilności.

Karga opuścił ramiona w geście rezygnacji.

– To już koniec.

Przez skaner wizjera Mandalorianin wychwycił źródło ciepła, które ciągnęło się wzdłuż najdalszej ściany.

– Znalazłem wejście do kanału – powiedział.

– Zbierajmy się – powiedziała Cara. Wraz z łowcą podniosła ławę i odstawiła ją, by odsłonić punkt serwisowy. Prowadząca do kanału krata wyglądała, jakby została przyspawana. Gdy próbowali ją usunąć, ani drgnęła. Cara dobyła karabinu blasterowego. – Odsuńcie się! – Otworzyła ogień, ale krata nie puściła.

Z zewnątrz dobiegł ich wyraźny głos moffa Gideona.

– Wasza panika jest namacalna. Sugeruje, że zdajecie sobie sprawę z własnego położenia – powiedział. Jak zawsze, mówił spokojnym, wyważonym tonem. – Pragnę uniknąć dalszej przemocy, ale jestem do niej zdolny. – Wskazał na działo spoczywające na trójnogu. – Jeśli broń ta nie jest wam znana, jestem pewien, że dawna żołnierz oddziału uderzeniowego, Carasynthia Dune z Alderaanu, wielokrotnie była świadkiem, jak jej towarzysze broni dosłownie wyparowywali w trakcie desantu, gdy mieli do czynienia z poprzednikiem tego konkretnego modelu. – Zamilknął, by jego słowa wybrzmiały do końca. – A może były już mandaloriański łowca nagród, Din Djarin, słyszał pieśni o oblężeniu Mandalory, kiedy to kanonierki wyposażone w podobne działa skosiły całe pola mandaloriańskich rekrutów, tak że wydarzenie zapisało się w dziejach jako noc tysiąca łez?

Mando patrzył na Gideona bez ruchu.

– Apeluję do życiowej mądrości okrytego hańbą stróża prawa, Greefa Kargi – ciągnął moff. – To już odpowiedni moment, by złożyć broń i opuścić budynek. Już za chwilę zostanie on zrównany z ziemią, a wasze bogate życie dobiegnie prozaicznego kresu.

Po dłuższej chwili wreszcie odezwał się Karga. Wychylił się i podniósł głos, by mężczyzna usłyszał go przez okno.

– Co proponujesz? – zawołał.

Gideon nadal spoglądał w ich stronę chłodnym wzrokiem, nie mrużąc oczu.

– Negocjacje. W granicach rozsądku.

– Jakie dajesz nam gwarancje?

– Pytasz, czy możecie mi zaufać? – spytał. – Nie, nie możecie. – Rozłożył dłonie, jakby chciał przekazać niefortunną, ale i nieuniknioną prawdę. – W końcu sam złamałeś naszą umowę. Z przyjemnością złamałbym każdą obietnicę, aby ujrzeć, jak giniesz z mojej ręki. Mogę obiecać tylko jedno: postąpię w zgodzie z własnym interesem, a obecnie zakłada on waszą współpracę. – Obrócił się, by przebiec wzrokiem po imperialnych siłach i zgromadzonym arsenale, po czym spojrzał na zachodzące słońce i znów zwrócił się ku kantynie. – Macie czas do zmierzchu. Potem w ruch pójdzie działo.

Obrócił się i oddalił.

– Gdy tylko otworzymy drzwi, będziemy martwi – stwierdziła Cara.

– Będziemy martwi, jeśli ich nie otworzymy – zauważył Karga. – Przynajmniej tam, na zewnątrz, mamy jakąś szansę.

– Łatwo ci mówić – rzuciła Cara. – Służyłam w siłach uderzeniowych. Skończę jako ofiara łupieżcy umysłów!

Karga prychnął.

– Pożeracze nie istnieją. Wojenna propaganda.

– Tak czy siak – rzekła, wywijając karabinem – nie zamierzam się o tym przekonać. Sama wystrzelę sobie drogę.

Przedstawiciel Gildii spojrzał na łowcę nagród.

– A ty, Mando?

– Wiem, z kim mamy do czynienia – powiedział. – To moff Gideon. Ostatnio słyszałem o nim jako dziecko.

Karga wbił w niego wzrok.

– Mandalora?

– Nie urodziłem się na Mandalorze.

– Ale jesteś Mandalorianinem. – Karga zmarszczył czoło.

Cara pokręciła głową.

– Mandalorianie nie są rasą.

– To etos – odparł Mandalorianin. Ponownie wrócił myślami do zamierzchłego dnia, gdy biegł ulicą z rodzicami, zewsząd dobiegały go piski blasterów i wrzaski uciekających, a w powietrzu latały kanonierki. Wtedy widział ich żywych po raz ostatni. Wspomnienie ciągnęło się dalej: eksplodujące ściany, zawalające się budynki, latające odłamki i wszechobecne kłęby dymu. Za ich plecami wylądowały superdroidy bojowe. Słyszał wystrzały z blasterów, którymi droidy powalały każdego, kogo napotkały na swojej drodze. Wraz z rodzicami podbiegli do bunkra. Otworzyli właz. Jego mama złapała go za ramiona i po raz ostatni spojrzała mu w twarz; ojciec przyciągnął go do siebie, by pocałować go w czoło. Jego łzy żłobiły ścieżki w zabrudzonych polikach. Spojrzeli na niego po raz ostatni.

Po czym opuścili go do środka.

Spojrzał w górę i uniósł dłoń w ich kierunku, jednak nie dostrzegał już ich twarzy ze względu na oślepiające słońce za ich plecami. Ojciec zamknął właz i chłopca spowiły ciemności.

Chwilę później chłopiec poczuł falę eksplozji – na tyle potężną, by klapa aż zadrżała w zawiasach.

Przez szpary dostały się do środka popiół i dym. Przez otwór włazu słyszał ciężkie kroki. Wiedział, co nadciąga – jeden z superdroidów.

Właz bunkra otworzył się i oczom chłopca ukazał się droid – masywny, bezlitosny. Górował nad nim i zwiastował pewną śmierć. Uniósł zamontowany na przedramieniu blaster i wycelował prosto w głowę malca.

Ten zamknął oczy i odwrócił głowę, oczekując najgorszego.

BAM!

Nadciągająca z powietrza salwa z blastera trafiła w korpus droida. Poszatkowała superdroida i powaliła go na ziemię z głuchym łoskotem. Gdy chłopiec odważył się spojrzeć w górę, w otwartym włazie bunkra pojawiła się nieznana osoba.

Malec spojrzał na mandaloriańskiego wojownika, który wyciągał w jego stronę dłoń – gest ten stanowił obietnicę, że będzie już bezpieczny.

Chłopiec wstał. Wojownik pomógł mu wygramolić się ze schronu i postawił go na ziemi. Wszędzie wokół znajdowali się Mandalorianie z plecakami odrzutowymi. Lądowali z dobytą bronią, posyłając salwy w kierunku wrogów. Atakowali droidy ze wszystkich stron – i *wygrywali*. Jeden z nadciągających wskazał gestem wojownika, który pomógł chłopcu opuścić schronienie, i nakazał mu odlecieć. Mandalorianin spojrzał na malca, a chłopak przytaknął na zgodę. Mężczyzna objął go, uruchomił plecak odrzutowy i wzbił się w powietrze.

Mando przypomniał sobie, jak się czuł, gdy spoglądał na świat ponad ramieniem wojownika, tam, gdzie zmarli jego rodzice, gdy jego wybawiciel zabierał go w bezpieczne miejsce.

– Byłem znajdą – powiedział Kardze i Carze. – Wychowali mnie na wojownika. Traktowali mnie jak swojego. Gdy osiągnąłem odpowiedni wiek, złożyłem przysięgę i przyjąłem obyczaj Mandalorian. Jedyny zapis o mojej rodzinie ostał się w archiwach na Mandalorze. – Spojrzał na kompanów, którzy słuchali jego opowieści z zainteresowaniem. – W czasach wielkiej czystki Gideon był oficerem Imperialnego Biura Bezpieczeństwa. I dlatego go rozpoznałem.

Pozostali nie odpowiedzieli, a Mando pomyślał o Dziecku, które przebywało gdzieś tam z Ugnaughtem. Uruchomił komunikator.

– Kuiil, zgłoś się.

Jednak zamiast głosu Ugnaughta usłyszał przez słuchawkę znajome trajkotanie malca. I kolejny znajomy głos.

– Kuiil został wyeliminowany – powiedział IG-11.

W głosie Mando pojawił się chłód.

– Co najlepszego zrobiłeś?

– Wypełniam swoją podstawową funkcję – odparł droid.

– Jaką?

– Chronię Dziecko.

IG-11 nadciągnął znad pustyni i wparował na obrzeża miasta, trzymając Dziecko przy korpusie. Gdy zmniejszył odległość do celu, jego fotoreceptory zlokalizowały grupę zwiadowców i szturmowców, która pilnowała miejskiej bramy. Dobył blasterów i przyśpieszył. Miał zamiar zrobić coś niemiłego, ale przemawiała przez niego troska o Dziecko.

Zdjął szturmowców przy bramie i popędził dalej ulicą, strzelając nieprzerwanie w obu kierunkach. Dziecko, które siedziało z przodu, zachichotało z radości, zachwycone prędkością i wrażeniami. Jego uszy powiewały na wietrze.

Gdy IG dostrzegł na trasie oddział szturmowców, obrócił korpus, by osłonić Dziecko, i kontynuował ostrzał, zmierzając w stronę kantyny.

– Patrzcie! – zawołała Cara, wskazując na ulicę w chwili, gdy droid nadciągał z odsieczą.

– Osłońcie mnie! – krzyknął Mando.

Stojąca za jego plecami Cara zapewniła solidny ogień zaporowy. Łowca wybiegł na otwartą przestrzeń, a w ślad za nim podążył Greef Karga. To, co zobaczyli na zewnątrz, okazało się gorsze, niż oczekiwali. Zaatakowali ich szturmowcy oraz elitarni szturmowcy śmierci. Mando wraz z Kargą stawili opór. Celowali w hełmy, a także kopali i bili z pięści tych, którzy znaleźli się zbyt blisko, by mogli oddać strzał. Wśród bitewnego zgiełku Mando dostrzegł IG z Dzieckiem przy korpusie. Zobaczył, jak droid dostaje z blastera i pada na kolana.

Łowca powiódł wzrokiem ku ciężkiemu blasterowi samopowtarzalnemu.

Podszedł bliżej, wyszarpnął go z trójnoga i posłał salwę w stronę szturmowców pozostałych na placu boju, sprowadzając na nich deszcz pomarańczowego ognia. Po przeciwnej stronie ulicy szturmowiec śmierci podszedł do kantyny i przytwierdził do ściany detonator termiczny.

Cara nadal przebywała wewnątrz, gdy eksplozja rozerwała ścianę i posłała ją na ziemię. Znalazła się pod ostrzałem. Stęknęła i spróbowała przeczołgać się w bezpieczne miejsce, gdy w podłogę i pobliskie ściany zaczęły lecieć wiązki energii. Do środka wdarli się co najmniej dwaj szturmowcy śmierci. Byli coraz bliżej.

Cara zerwała się na nogi z karabinem gotowym do wystrzału. Zdjęła ich obu.

Na ulicy moff Gideon uświadomił sobie, że bitwa przybrała nieoczekiwany przebieg. Zmrużył oczy z niesmakiem. Nie tego się spodziewał. Wycelował z blastera w hełm Mandalorianina i pociągnął za spust. Mandalorianin zawył z bólu i zaskoczenia. Upuścił zdemontowany karabin w kierunku Gideona. Moff wycelował w generator w pobliżu łowcy i wystrzelił.

Generator energii wybuchł, zamieniając się w oślepiającą kulę ognia i dymu. Fala uderzeniowa posłała Mando w bok. Łowca padł na ziemię z siłą, która sprawiła, że znieruchomiał.

Cara była świadkiem upadku. Wybiegła z kantyny i minęła Kargę, który nadal strzelał do szturmowców. Chwyciła ciało Mando i zaciągnęła je do środka. Po chwili dołączyli do niej IG-11 i Karga, którzy zamknęli za sobą drzwi.

Na zewnątrz Gideon poczuł, jak ściska go w piersi. Miarka się przebrała. Jego cierpliwość dobiegła końca.

– Puśćcie ich z dymem – powiedział.

ROZDZIAŁ 28

WEWNĄTRZ KANTYNY Cara Dune zaciągnęła ciało łowcy ku najdalszej ścianie. Mando ważył swoje, nie wspominając o pancerzu z beskaru.

– Trzymaj się – powiedziała. – Wyciągniemy cię stąd.

Jeśli ją usłyszał, nie opowiedział. Wybuch na ulicy sprawił, że stracił przytomność i odniósł poważne rany. Jego ciało było bezwładne, niemal bez życia. Zdesperowana Cara zwróciła wzrok w stronę Greefa Kargi, który wpatrywał się w IG-11.

– To nasza jedyna droga ucieczki! – zawołał przedstawiciel Gildii. – Możesz się przebić?

– Oczywiście – odparł droid. Delikatnie usadził Dziecko na posadzce i schylił się, by pozbyć się kraty. Gdy narzędzie skrawające dotknęło metalu, posypały się iskry.

– Tak! – skwitował półszeptem Karga. – Uwielbiam droidy serii IG.

Mandalorianin, leżący na podłodze przed Carą Dune, poruszył się. W słabym głosie łowcy pobrzmiewał ból. Z trudem łapał oddech.

– Nie wyjdę z tego żywy – powiedział. – Uciekajcie.

– Milcz – odparła Cara. – Tylko tobą zatelepało. Wyliżesz się.

– Weź to. – Mando sięgnął do wnętrza zbroi i wyjął ze środka amulet w kształcie czaszki mitozaura, po czym podał go najemniczce. – Gdy spotkasz członków mojego Plemienia, pokaż im go. Powiedz im, że otoczyłem Dziecko opieką. Będziesz wśród nich bezpieczna.

Cara wzięła amulet i go schowała. Wsunęła dłoń pod hełm łowcy i spojrzała na koniuszki palców. Były pokryte krwią.

– Będę musiała go zdjąć.

– Nie. – Złapał ją za rękę. – Zostaw mnie. – Z trudem łapał oddech. Coś mu zalegało w płucach. – Upewnij się, że... Dziecku... nic nie grozi.

Cara zaczęła odpowiadać, gdy nagle do wnętrza kantyny wdarł się z rykiem ogromny płomień, który sprawił, że zarówno bar, jak i ściany zajęły się ogniem. Najemniczka czuła, jak wokół rośnie temperatura. W pomieszczeniu zaczęło brakować tlenu.

– Powstrzymam ich wystarczająco długo, abyście mogli uciec – powiedział Mando. – Pozwólcie mi umrzeć śmiercią wojownika.

Na twarzy Cary malował się sprzeciw.

– Nie zostawię cię tu!

– Tak każe obyczaj – odparł Mandalorianin.

Cały budynek stał już w płomieniach, które pochłaniały wszystko wokół. Od dymu Carę piekły oczy. Poczuła, że zaczyna ściskać ją w gardle. Gdy spojrzała na drzwi do karczmy, ujrzała, że do środka wchodzi dzierżący miotacz ognia pirosztumowiec w zbroi w czerwone pasy. Przypomniała sobie, jak walczyła z takimi żołnierzami w trakcie wojny. Aż za dobrze wiedziała, jakie zniszczenia potrafi wyrządzić broń w ich rękach.

Pirosztumowiec obrócił się i wycelował bezpośrednio w ich stronę, by po raz kolejny wystrzelić niszczycielski jęzor ognia. Nie mieli dokąd uciec.

Mogłam się domyśleć, że tak to się skończy, pomyślała Cara. *Znów biorę udział w wojnie, stawiając opór w jakiejś zapyziałej kantynie na prowincjonalnej planecie...*

Lecz wtedy kątem oka dostrzegła, jak wstaje Dziecko. Uniosło dłonie i zamknęło oczy, koncentrując się z całych sił. To, co wydarzyło się po chwili, było niemożliwe. Gdyby nie widziała tego na własne oczy, nie dałaby temu wiary.

Kula ognia wystrzeliła ku nim z ogłuszającym hukiem – po czym jakimś cudem nagle się zatrzymała, jakby zamarła w miejscu. Niszczycielski żywioł został powstrzymany przez tajemnicze siły drzemiące w Dziecku. Cara i Greef Karga wpatrywali się w nie w niemym osłupieniu. Nawet Mandalorianin zdołał unieść głowę, by się przyjrzeć. Pomarańczowe płomienie migotały, odbite w wizjerze jego hełmu.

Wystarczył prosty gest dłoni Dziecka, by ogień gwałtownie zboczył z drogi i zaczął się cofać. Pochłonął piroszturmowca i wypchnął go z karczmy przez otwarte wejście. Usłyszeli z oddali jego wrzask.

W przeciwległej części pomieszczenia IG-11 po raz ostatni kopnął kratę i ta wreszcie ustąpiła, odsłaniając drogę ucieczki.

– Nie ma chwili do stracenia! – zawołał Karga.

Mandalorianin uniósł wzrok, by spojrzeć na Carę.

– Leć... – wychrypiał, po czym zamilknął i opadł bezwładnie.

IG podszedł do Cary i podał jej sakwę z Dzieckiem.

– Uratuj się. Zapewnij mu bezpieczeństwo – powiedział. – Ja zostanę z łowcą.

Wstała.

– Obiecaj, że wyjdzie z tego cały i zdrowy.

– Masz moje słowo.

Cara wzięła od niego Dziecko i podążyła za Greefem Kargą w głąb kanału, pozostawiając IG-11 z Mando. Miała nadzieję, że może zaufać droidowi.

Z drugiej strony, zwyczajnie nie miała innego wyjścia.

ROZDZIAŁ 29

KANTYNA ZAMIENIŁA SIĘ w kocioł ognia. Lada chwila miała się zawalić. Płomienie sięgały coraz wyżej, nieposkromione. Droid klęknął naprzeciwko łowcy.

– Zrób to – powiedział Mando.

Czerwona dioda IG-11 zamigała pytająco.

– Co właściwie?

– Dokończ dzieła – odparł Mando. – Wolę zginąć z twoich rąk niż z rąk jakiegoś imperialnego.

– Już ci mówiłem: nie jestem już łowcą, lecz droidem opiekuńczym.

– Wszystkie droidy serii IG są łowcami.

– Nie ten – nalegał droid. – Zostałem przeprogramowany. Jeśli mam cię uratować, muszę zdjąć twój hełm. – Wyciągnął dłoń w stronę hełmu łowcy nagród, jednak Mando uniósł blaster i skierował go w jego stronę.

– Spróbuj, a cię zniszczę – powiedział. – To zabronione. Żadna istota żywa nie widziała mnie bez hełmu, odkąd przysięgałem na zasady Mandalorian.

– Nie jestem istotą żywą – stwierdził łagodnym tonem droid. Nie czekając na pozwolenie, zaczął zdejmować łowcy hełm. Ten ustąpił z cichym sykiem. Droid uniósł go i spojrzał w skrywaną do tej pory twarz człowieka.

Pokryta była krwią. Malował się na niej ból. Ciemne włosy łowcy kleiły się do przepoconego czoła i skroni. Jego brązowe oczy wydawały się bezbronne. Mandalorianin spoglądał na droida wzrokiem człowieka, który za chwilę pozna ostateczną wielką tajemnicę życia.

– Podam ci bactę – powiedział IG-11, po czym zajął się ranami łowcy. – Uleczy cię w przeciągu paru godzin. Twój procesor został uszkodzony.

– Masz na myśli mój mózg? – zdziwił się Mando.

– To taki żarcik – odparł droid. – Miał sprawić, że poczujesz się odprężony.

Mando uśmiechnął się kącikiem ust i jęknął z bólu, po czym zamknął oczy.

W kanałach rozległ się cichy płacz Dziecka. Powietrze było stęchłe i było na tyle ciemno, że ledwie widzieli na odległość dziesięciu metrów. Cara zaświeciła latarką. Jej oczom ukazał się długi tunel. Zatrzymała się.

– Co się stało? – spytał Greef Karga.

Uniosła dłoń i przechyliła głowę, by wsłuchać się w ciszę. Z oddali dobiegł ją dźwięk kroków osoby, która nadciągała zza ich pleców. Obrócili się.

Z ciemności wyłonił się IG-11. Obok droida kulawym krokiem szedł Mandalorianin, który ledwie utrzymywał się na nogach. Światło jego hełmu przenikało mrok. Wyglądał na bardzo osłabionego, ale przynajmniej mógł ustać i iść przed siebie.

Cara podbiegła do niego, by mógł się na niej wesprzeć.

– Mam cię.

Szli dalej przed siebie.

– Wiesz, którędy do wyjścia? – spytała najemniczka.

– Nie – przyznał Mando. – Nie znam tych tuneli.

Karga zmrużył oczy, by lepiej widzieć w ciemnościach.

– Wystarczy, że pokierujemy się wonią siarki, a prędzej czy później doprowadzi nas do rzeki lawy.

– Imperialni dogonią nas, nim dotrzemy do statku – stwierdził Mando. – Musimy odnaleźć moich pobratymców. Zapewnią nam możliwość ucieczki.

Rozejrzał się za śladami. Dawka bacty zaczęła działać i czuł się silniejszy. Mógł stać i chodzić bez pomocy innych. Przyśpieszył kroku i poprowadził ich kolejnym korytarzem, jednak gdy skręcili za róg, stanął jak wryty.

Na podłodze leżała sterta mandaloriańskich zbroi i hełmów. Mando spojrzał na nie i padł na kolana. Uniósł jeden z hełmów i przyjrzał się mu badawczo.

– Nie ociągajmy się – powiedziała Cara.

– Idźcie dalej. Zostawcie mi statek – odparł stanowczo. – Nie mogę tego tak zostawić. – Zwrócił się w stronę Greefa Kargi. Czuł, jak narasta w nim złość. – Wiedziałeś o tym? To sprawka twoich łowców?

– To nie on zawinił. – Zza pleców dobiegł ich głos kobiety.

Mando zaczął się rozglądać. Z cieni wyłoniła się Zbrojmistrzyni.

– To nie jego wina – powtórzyła. – Wiedzieliśmy, co może się zdarzyć, a mimo to postanowiliśmy opuścić to miejsce. Imperialni przybyli wkrótce potem. – Spojrzała na stertę pancerzy i hełmów. – A to efekt.

– Czy ktokolwiek przeżył? – spytał Mando.

– Taką żywię nadzieję. Część mogła zbiec poza planetę.

Spojrzał na nią.

– Chodź z nami.

– Nie – odparła. – Nie opuszczę tego miejsca, póki nie odzyskam tego, co pozostało.

Mando wraz z pozostałymi obserwowali, jak Zbrojmistrzyni zaczęła zbierać kawałki zbroi. Podążyli za nią do kuźni, gdzie chwyciła kawałek metalu szczypcami i przytrzymała nad błękitnymi płomieniami.

– Wskaż mi tego, którego bezpieczeństwo przyczyniło się do takiego zniszczenia.

– Oto on – powiedział Mandalorianin, wskazując dziecko.

– To ten, na którego najpierw polowałeś, a którego potem uratowałeś?

– Tak – odparł, po czym dodał: – I który uratował mnie.

Spojrzała badawczo na Dziecko w torbie, które uniosło wzrok spod wieka, gaworząc.

– Wydaje się bezbronne – stwierdziła.

– Jest zranione – odparł Mando – ale zdecydowanie nie jest bezbronne. Gatunek ten potrafi poruszać przedmiotami siłą umysłu.

Zbrojmistrzyni wydawała się niewzruszona.

– Słyszałam o takich istotach. Pieśni sprzed eonów sławią bitwy między Mandalorem Wielkim a zakonem czarnoksiężników zwanych Jedi, którzy posługiwali się podobnymi mocami.

– Dziecko jest nam wrogie?

– Nie – odparła. – Inni jego rodzaju byli naszymi wrogami, owszem, ale nie dotyczy to tej istoty. – Ponownie przyjrzała się malcowi. – Jest znajdą. Na mocy Kodeksu znajduje się pod twoją opieką. – Pochyliła się i zaczęła ostrożnie wlewać płynny beskar do formy. – Nie masz wyboru. Musisz odnaleźć jego lud.

– Gdzie?

– Musisz ustalić to sam.

Mando spojrzał na Zbrojmistrzynię.

– Oczekujesz, że będę przemierzał galaktykę w poszukiwaniu domu tej istoty i przekażę go wrogim nam czarnoksiężnikom?

– Musisz się nim opiekować do tego czasu albo aż osiągnie pełnoletniość. Jesteś jego ojcem.

– *Ojcem?*

– Tak każe obyczaj. – Zbrojmistrzyni kiwnęła głową. – Zasłużyłeś na znak. – Podeszła do łowcy i przyczepiła znak bagnorożca do prawego naramiennika. – Wasz klan liczy dwie osoby.

– Dziękuję – odparł Mando. – Będę go nosił z dumą.

Z korytarza nadciągnęło echo odległej eksplozji.

– Siły zwiadowcze – powiedziała Zbrojmistrzyni. – Zbierajcie się. – Zwróciła się do droida. – IG, stań na straży zewnętrznego korytarza.

Droid obrócił się i przekazał Dziecko Carze, która wzięła je niezdarnie na ręce.

– Chwila, z dziećmi to nie do mnie – powiedziała, jednak Dziecko pisnęło z radości.

Zbrojmistrzyni zwróciła się w stronę Mandalorianina.

– Nim rozpoczniesz podróż, przyjmij ode mnie ten ostatni dar – powiedziała. – Ćwiczyłeś się w technice Lotu Feniksa?

– Za dziecka – odparł Mando.

– Wobec tego to – wręczyła mu plecak odrzutowy – będzie doskonałym uzupełnieniem twojej zbroi.

– Dziękuję – odparł.

Dźwięki eksplozji i wystrzałów stawały się coraz głośniejsze. Mando spojrzał na Carę i Greefa Kargę. Uzupełnili amunicję, ale nie mogli już się ociągać. Pora się zbierać.

Gdy ruszyli, Zbrojmistrzyni uklęknęła przed kuźnią. Znieruchomiała i wsłuchała się w kroki szturmowców nadciągających zza jej pleców. Oszacowała, że jest ich pięciu. Nie poruszyła się nawet wtedy, gdy znaleźli się na wyciągnięcie ręki.

– Mando – powiedział jeden z nich. – Gdzie oni się podziali? – Uderzył wylotem lufy o jej hełm. – Pytam: gdzie oni są?

To, co rozegrało się po jego słowach, zajęło niespełna dwadzieścia sekund. Zbrojmistrzyni zamachnęła się młotem, uderzając mężczyznę w twarz, po czym się obróciła i wbiła młot w hełm szturmowca stojącego naprzeciwko. Trzymane w drugiej dłoni dłuto ugodziło trzeciego napastnika w tors. Czwartym cisnęła głową na dół w błękitne płomienie. Gdy stojący naprzeciwko szturmowiec znów wstał i zaczął strzelać, gdzie popadnie, chwyciła go i obróciła nim, tak że zdjął z blastera kolejnego atakującego, który jeszcze przed chwilą nadciągał zza jego pleców. Puściła go i w ruch znów poszedł młot. Tym razem szturmowiec już się nie podniósł.

W pomieszczeniu zapadła cisza. Zbrojmistrzyni powiodła wzrokiem po ciałach napastników. Nie czuła niczego prócz mglistego, ale nie mniej przez to ważnego poczucia spokoju. Udało się jej w malutkim stopniu przywrócić ład.

Podeszła do kuźni, by oczyścić narzędzia i wrócić do pracy.

ROZDZIAŁ 30

MANDO I POZOSTALI podążyli tunelem ku rzece, która wypływała na pola wulkaniczne. Woń siarki stawała się coraz silniejsza, a na domiar złego robiło się coraz cieplej. Na brzegu rzeki w bulgoczącej lawie znaleźli barkę. Odnieśli wrażenie, że nie była używana od bardzo dawna. Uparcie nie chciała odbić od brzegu. Gdy Mando i Karga próbowali ją odepchnąć, droid przewoźnik siedział w milczeniu – widocznie miał przepalone obwody.

– Możecie się odsunąć? – spytała Cara. Przytrzymała dziecko w jednej dłoni, a drugą uniosła broń i strzeliła salwą wzdłuż brzegu w stwardniałą lawę, aż wreszcie barka zaczęła się chwiać na płynnej lawie. Wsiedli do środka.

Zaniepokojony strzałami droid przewoźnik zbudził się, by podjąć służbę. Zaświecił jaśniejącymi diodami, by powitać pasażerów. Wstał, a długość jego nóg sprawiła, że górował nad nimi wszystkimi. Stał tak na rufie z wiosłem w dłoniach. Zagwizdał, oczekując poleceń.

– Wydaje mi się, że pyta o cel podróży – powiedział IG-11.

– W dół rzeki – odparł Karga. – W stronę pól wulkanicznych.

Droid bez słowa zabrał się za wiosłowanie. Barka powoli zmierzała przed siebie, a po obu burtach strzelały w górę jęzory ciekłego pomarańczowego ognia. Mando dostrzegł cudaczne czerwonookie istoty, które mknęły w ciemnościach brzegami rzeki.

– Tam! – Karga wskazał światło z naprzeciwka. – Jesteśmy wolni!

Mando uruchomił skaner w hełmie.

– Nie – zaprzeczył. Widział obrys co najmniej tuzina osób. Czekały w milczeniu. – Szturmowcy. Oskrzydlili nas u wylotu tunelu. Muszą wiedzieć, że nadpływamy.

– Zatrzymaj barkę! – zawołała Cara. – Droidzie! Powiedziałam: zatrzymaj barkę!

Skierowała blaster w werbomózg droida przewoźnika i pociągnęła za spust. Głowa droida rozpadła się na kawałki w fontannie iskier. Droid znieruchomiał i przestał wiosłować. Ale nie miało to już znaczenia. Barka nadal posuwała się do przodu z nurtem płynnej lawy.

IG spojrzał w kierunku oddziału szturmowców.

– Nie spoczną, póki nie odbiją Dziecka z naszych rąk – uznał. – Niedoczekanie. Wyeliminuję wrogów i zapewnię wam drogę ucieczki.

Mando spojrzał na droida.

– Nawet ty im nie podołasz sam, kolego. Nie udałoby ci się nawet dotrzeć do samego wylotu.

– Mój cel jest inny – odparł IG-11. – Nadal obowiązuje protokół bezpieczeństwa mojego producenta. Gdy istnieje zagrożenie, że wpadnę w ręce wroga, muszę dokonać autodestrukcji. – Droid zwrócił się w stronę łowcy nagród. – Obawiam się, że nie istnieje scenariusz, w którym ja przeżywam, a wy ratujecie Dziecko.

– Nie – odparł Mando. – Nie ma mowy. Jesteś nam potrzebny.

– Obiecaj, że zapewnisz bezpieczeństwo Dziecku.

– Ale ty ulegniesz zniszczeniu...

– A ty będziesz żył – rzekł IG – a ja wykonam zadanie, do którego zostałem powołany. – Spojrzał na Mandalorianina. – Nie ma się czym smucić. W końcu nigdy nie byłem żywy.

– Nie jest mi... smutno – powiedział Mando.

– Jest. Jestem droidem opiekuńczym. Przeanalizowałem twój głos. – IG-11 powiódł mechanicznym palcem po twarzyczce Dziecka – czule, niemal ojcowsko.

Następnie obrócił się i opuścił barkę, osadzając kończyny w ciekłej, syczącej lawie.

ROZDZIAŁ 31

MANDO WRAZ Z KOMPANAMI stali na barce i obserwowali, jak IG-11 brodzi w lawie, zmierzając ku wylotowi tunelu. Na zewnątrz oddział szturmowców zwarł szyki i wycelował blastery w droida.

– Zgodnie z protokołem producenta nie mogę trafić w ręce wroga – zadeklarował IG. Detonator w jego korpusie zaczął szybko piszczeć. – Muszę ulec samozniszczeniu.

Migoczące światło detonatora zaświeciło się na czerwono. Doszło do ogromnej eksplozji.

Gdy barka opuściła tunel, Mando powiódł wzrokiem po ciałach szturmowców porozrzucanych wśród kłębów dymu po obu brzegach rzeki. Droid dokonał dzieła. Poświęcił życie, ale utorował im drogę ucieczki.

Nagle z nieba dobiegł ryk. Mando uniósł wzrok i ujrzał nadciągający w ich kierunku myśliwiec TIE.

– Moff Gideon! – zawołała Cara i uniosła blaster. Mando i Karga dołączyli. We troje strzelali w kierunku myśliwca, który zataczał nad nimi pętle i odpowiadał ogniem.

– Spudłował! – powiedział Karga.

– Następnym razem nie spudłuje – odparł Mando, obserwując, jak TIE pikuje i szykuje się do kolejnego nalotu.

– Wiem! A może Dziecko znów pomachałoby rączką? – zasugerował Karga. Spojrzał z nadzieją na malca, machając palcami. – No, dalej, magiczna rączka!

Dziecko odwzajemniło gest i pomachało, trajkocząc pod nosem.

Karga westchnął.

– Skończyły mi się pomysły.

– Mnie jeszcze nie – odparł Mando. Sięgnął po plecak odrzutowy, który otrzymał od Zbrojmistrzyni, i założył go. Myśliwiec TIE moffa Gideona zmierzał już ponownie w ich stronę. Lada chwila będzie ich miał na celowniku.

Mandalorianin uruchomił plecak odrzutowy i poleciał pionowo w powietrze, tak że myśliwiec TIE przeleciał między nim a ziemią. Wystrzelił w jego kierunku linkę z kotwiczką. Szarpnęło nim gwałtownie. Myśliwiec miotał nim po niebie we wszystkie strony.

Mando ponownie uruchomił plecak. Poleciał do przodu i wylądował na iluminatorze kokpitu. Spojrzał wprost w zaskoczoną twarz Gideona. Moff skrzywił się. Na jego obliczu wściekłość przeplatała się z determinacją. Mando wycelował z blastera we właz i pociągnął za spust, jednak nie udało mu się przedrzeć do kokpitu.

Gideon odbił ostro w lewo, a myśliwiec obrócił się na bok i zaczął kręcić beczki, zrzucając Mando z kokpitu. Łowca stęknął i zjechał po kadłubie ku lewemu łącznikowi panelu słonecznego, którego uczepił się ze wszystkich sił. Wyciągnął z pasa detonator i przyczepił go do łącznika.

Po czym się go puścił.

Poniżej Cara i Greef Karga byli świadkami, jak eksploduje w powietrzu cała lewa burta myśliwca TIE moffa Gideona, strącając nadlatujący myśliwiec z trasy. Jednostka przechyliła się i popędziła ku ziemi. W pewnej odległości zaczęły unosić się kłęby dymu.

Po chwili na wprost wylądował Mandalorianin. Osiadł na ziemi w lekkim przyklęku, po czym wyprostował się z jękiem.

Karga i Cara podeszli bliżej.

– Imponujące, Mando – uznał przedstawiciel Gildii. – Jestem pod wrażeniem. – Kiwnął głową na znak uznania. – Coś czuję, że właśnie ugruntowałeś swoją pozycję w Gildii.

– Zostali jeszcze jacyś szturmowcy? – spytał Mando.

– Chyba wyczyściliśmy już z nich całe miasto – odparła Cara. – Ale zastanawiam się, czy by tu nie zostać, tak dla pewności.

– Zostajesz? – spytał łowca.

– Czemu nie? – wtrącił się Karga. Wskazał gestem w kierunku miasta. – Nevarro to porządna planeta, a teraz, gdy oczyściliśmy ją z łajdactwa i występku, znów stanie się przyzwoitym miejscem.

– Jako przystań łowców nagród?

Karga spojrzał na niego z ukosa.

– Niektórzy spośród moich najbliższych przyjaciół są łowcami nagród. A może – położył dłoń na ramieniu Cary – dołączy do nas pewna niezrównana komandoska. A ty, mój przyjacielu – zwrócił się do Mando – zostaniesz ponownie przyjęty do Gildii z otwartymi ramionami.

Mando spojrzał na Dziecko, które wpatrywało się w niego z szeroko rozpostartymi rękoma. Łowca pochylił się, uniósł malca i wziął go w ramiona.

– Mam bardziej naglące sprawy.

Cara wyciągnęła dłoń i dotknęła ucha Dziecka.

– Uważaj na niego.

– Kto wie – wtrącił Karga – może to ono będzie uważało na ciebie.

Mando skinął głową, obrócił się i uruchomił plecak odrzutowy. Gdy odlatywał, poczuł, jak Dziecko w jego ramionach obraca głowę, by spojrzeć na oddalający się krajobraz i dwie osoby, które stały i odprowadzały ich wzrokiem.

Gdy dotarli do „Brzeszczotu", Mando pochował Kuiila. Za nagrobek posłużyły czapka pilotka i gogle Ugnaughta. Zabrał Dziecko na pokład kanonierki i uruchomił silniki.

Malec siedział z tyłu i zawzięcie coś ssał. Mando uświadomił sobie, że to amulet przedstawiający mitozaura, który wręczył Carze, nim zapuścili się w kanały pod miastem. Jakimś sposobem znalazł się na szyi Dziecka.

Mando delikatnie wyjął amulet z ust malca.

– Nie sądziłem, że jeszcze go zobaczę – powiedział, po czym dał go Dziecku do rąk. – Zaopiekujesz się nim?

Dziecko włożyło amulet z powrotem do buzi.

„Brzeszczot" wzniósł się w powietrze.

Po chwili nie było po nich ani śladu.

Nie minęło wiele czasu, gdy Jawowie odnaleźli wrak myśliwca TIE. Pomimo skali zniszczeń mogli jeszcze sporo odzyskać. Zaczęli odrywać kolejne części, by zabrać je ze sobą.

Nagle z wnętrza dobiegły trzaski.

Wystraszeni Jawowie, wznosząc wrzaskliwe okrzyki, rozpierzchli się we wszystkie strony, gdy laserowe ostrze zaczęło wycinać od środka otwór w kokpicie myśliwca. Mniej więcej prostokątny fragment poszycia spadł na ziemię. Po chwili ze środka wynurzył się moff Gideon, dzierżąc w dłoni mroczny miecz.

Wspiął się na kokpit i stał tak przez dłuższą chwilę, rozglądając się po widnokręgu chłodnym, czujnym wzrokiem. Jego broń zdawała się płonąć.

Wszystko się zmieniło, pomyślał.

Jednak obecna sytuacja nie była pozbawiona nowych możliwości. Miał przed sobą wiele pracy.

Mandalorianin jest jednym z najgroźniejszych łowców nagród w galaktyce. Jego cele nie mają z nim szans.

Mandalorianin lata kanonierką o nazwie „Brzeszczot".

Mandalorianinowi pomaga w misji Ugnaught
o imieniu Kuiil.

Ku zdumieniu Mando
celem okazuje się
Dziecko.

Mando przekazuje Dziecko
Klientowi, ale zaczyna
żałować podjętej decyzji.
By je uratować, wdaje się
w walkę z gwardią Klienta.

Na Sorganie Mando ściera się z dawną Rebeliantką Carą Dune, ale żadne z nich nie wychodzi z walki zwycięsko.

Dziecko przygląda się potyczce ze spokojem na twarzy.

Mando i Cara Dune pomagają Sorgańczykom odeprzeć najeźdźców, którzy atakują przy wsparciu imperialnej maszyny kroczącej AT-ST.

nagród Toro Calicanem, by wytropić zabójczynię Fennec Shand.

Fennec za wszelką cenę usiłuje przekonać Calicana, by ten zwrócił jej wolność.

Dziecko uwielbia jeść żaby!

Mando współpracuje z ekipą najemników opłaconych przez starego znajomego, by odbić więźnia z rąk Nowej Republiki.

Mando dochodzi do wniosku, że musi raz na zawsze rozprawić się z tymi, którzy zagrażają Dziecku. O pomoc prosi Carę Dune.

Greef Karga, kontakt Mando w Gildii Łowców Nagród, zobowiązuje się pomóc mu, po tym jak Dziecko uleczyło jego zranione ramię.

Rozradowane Dziecko pędzi wraz z IG-11 skuterem repulsorowym imperialnego zwiadowcy.

Imperialny moff Gideon zjawia się na Nevarro wraz ze szturmowcami. Dziecko jest mu potrzebne do realizacji jego planów.

Zbrojmistrzyni znakuje pancerz Mando symbolem klanu.

IG-11 poświęca się, by zapewnić możliwość ucieczki Mando i Dziecku.

Dziecko wie, że u boku Mando może czuć się bezpiecznie.

I chociaż Mando wraz z Dzieckiem uciekają... moff Gideon, który dzierży mroczny miecz, przysięga, że odnajdzie zgubę za wszelką cenę.

Mandalorianin wraz z Dzieckiem stanowią dwuosobowy klan!